m

—————— 阅读之前 没有真相

午夜文库

阿加莎·克里斯蒂
马普尔小姐系列

阿加莎·克里斯蒂
Agatha Christie (1890—1976)

无可争议的侦探小说女王，侦探文学史上最伟大的作家之一。

阿加莎·克里斯蒂原名为阿加莎·玛丽·克拉丽莎·米勒，一八九〇年九月十五日生于英国德文郡托基的阿什菲尔德宅邸。她几乎没有接受过正规的教育，但酷爱阅读，尤其痴迷于歇洛克·福尔摩斯的故事。

第一次世界大战期间，阿加莎·克里斯蒂成了一名志愿者。战争结束后，她创作了自己的第一部侦探小说《斯泰尔斯庄园奇案》。几经周折，作品于一九二〇年正式出版，由此开启了克里斯蒂辉煌的创作生涯。一九二六年，《罗杰疑案》由哈珀柯林斯出版公司出版。这部作品一举奠定了阿加莎·克里斯蒂在侦探文学领域不可撼动的地位。之后，她又陆续出版了《东方快车谋杀案》《ABC谋杀案》《尼罗河上的惨案》《无人生还》《阳光下的罪恶》等脍炙人口的作品。时至今日，这些作品依然是世界侦探文学宝库里最宝贵的财富。根据她的小说改编而成的舞台剧《捕鼠器》，已经成为世界上公演场次最多的剧目；而在影视改编方面，《东方快车谋杀案》为英格丽·褒曼斩获奥斯卡大奖,《尼罗河上的惨案》更是成为几代人心目中的经典。

阿加莎·克里斯蒂的创作生涯持续了五十余年,总共创作了八十余部侦探小说。她的作品畅销全世界一百多个国家和地区,累计销量已经突破二十亿册。她创造的小胡子侦探波洛和老处女侦探马普尔小姐为读者津津乐道。阿加莎·克里斯蒂是柯南·道尔之后最伟大的侦探小说作家,是侦探文学黄金时代的开创者和集大成者。一九七一年,英国女王授予克里斯蒂爵士称号,以表彰其不朽的贡献。

一九七六年一月十二日,阿加莎·克里斯蒂逝世于英国牛津郡沃灵福德家中,被安葬于牛津郡的圣玛丽教堂墓园,享年八十五岁。

阿加莎·克里斯蒂 侦探作品年表

波洛系列

1920　The Mysterious Affair at Styles《斯泰尔斯庄园奇案》
1923　Murder on the Links《高尔夫球场命案》
1924　Poirot Investigates《首相绑架案》
1926　The Murder of Roger Ackroyd《罗杰疑案》
1927　The Big Four《四魔头》
1928　The Mystery of the Blue Train《蓝色列车之谜》
1932　Peril at End House《悬崖山庄奇案》
1933　Lord Edgware Dies《人性记录》
1934　Murder on the Orient Express《东方快车谋杀案》
1935　Three-Act Tragedy《三幕悲剧》
1935　Death in the Clouds《云中命案》
1936　The ABC Murders《ABC谋杀案》
1936　Murder in Mesopotamia《古墓之谜》
1936　Cards on the Table《底牌》
1937　Dumb Witness《沉默的证人》
1937　Death on the Nile《尼罗河上的惨案》
1937　Murder in the Mews《幽巷谋杀案》
1938　Appointment with Death《死亡约会》
1938　Hercule Poirot's Christmas《波洛圣诞探案记》
1940　Sad Cypress《H庄园的午餐》
1940　One, Two, Buckle My Shoe《牙医谋杀案》
1941　Evil Under the Sun《阳光下的罪恶》
1943　Five Little Pigs《五只小猪》
1946　The Hollow《空幻之屋》
1947　The Labours of Hercules《赫尔克里·波洛的丰功伟绩》
1948　Taken at the Flood《顺水推舟》
1952　Mrs. McGinty's Dead《清洁女工之死》
1953　After the Funeral《葬礼之后》
1955　Hickory Dickory Dock《山核桃大街谋杀案》
1956　Dead Man's Folly《弄假成真》
1959　Cat Among the Pigeons《鸽群中的猫》
1960　The Adventure of the Christmas Pudding《雪地上的女尸》

阿加莎·克里斯蒂 侦探作品年表

1963　The Clocks《怪钟疑案》
1966　Third Girl《第三个女郎》
1969　Hallowe'en Party《万圣节前夜的谋杀》
1972　Elephants Can Remember《大象的证词》
1974　Poirot's Early Stories《蒙面女人》
1975　Curtain—Poirot's Last Case《帷幕》

马普尔小姐系列

1930　The Murder at the Vicarage《寓所谜案》
1932　The Thirteen Problems《死亡草》
1942　The Body in the Library《藏书室女尸之谜》
1943　The Moving Finger《魔手》
1950　A Murder Is Announced《谋杀启事》
1952　They Do It with Mirrors《借镜杀人》
1953　A Pocket Full of Rye《黑麦奇案》
1957　4.50 from Paddington《命案目睹记》
1962　The Mirror Crack'd from Side to side《破镜谋杀案》
1964　A Caribbean Mystery《加勒比海之谜》
1965　At Bertram's Hotel《伯特伦旅馆》
1971　Nemesis《复仇女神》
1976　Sleeping Murder《沉睡谋杀案》
1979　Miss Marple's Final Cases《马普尔小姐最后的案件》

其他系列及非系列

1922　The Secret Adversary《暗藏杀机》
1924　The Man in the Brown Suit《褐衣男子》
1925　The Secret of Chimneys《烟囱别墅之谜》
1929　Partners in Crime《犯罪团伙》
1929　The Seven Dials Mystery《七面钟之谜》
1930　The Mysterious Mr. Quin《神秘的奎因先生》
1931　The Sittaford Mystery《斯塔福特疑案》
1933　The Witness for the Prosecution and Other Stories《控方证人》
1934　Why Didn't They Ask Evans?《悬崖上的谋杀》

阿加莎·克里斯蒂 侦探作品年表

1934	The Listerdale Mystery《金色的机遇》
1934	Parker Pyne Investigates《惊险的浪漫》
1939	Murder Is Easy《逆我者亡》
1939	And Then There Were None《无人生还》
1941	N or M?《桑苏西来客》
1944	Towards Zero《零点》
1945	Sparkling Cyanide《闪光的氰化物》
1945	Death Comes as the End《死亡终局》
1949	Crooked House《怪屋》
1950	Three Blind Mice and Other Stories《三只瞎老鼠》
1951	They Came to Baghdad《他们来到巴格达》
1954	Destination Unknown《地狱之旅》
1958	Ordeal by Innocence《奉命谋杀》
1961	The Pale Horse《灰马酒店》
1967	Endless Night《长夜》
1968	By the Pricking of My Thumbs《煦阳岭的疑云》
1970	Passenger to Frankfurt《天涯过客》
1973	Postern of Fate《命运之门》
1991	Problem at Pollensa Bay《神秘的第三者》
1997	While the Light Lasts《灯火阑珊》

出版前言

纵观世界侦探文学一百七十余年的历史，如果说有谁已经超脱了这一类型文学的类型化束缚，恐怕我们只能想起两个名字——一个是虚构的人物歇洛克·福尔摩斯，而另一个便是真实的作家阿加莎·克里斯蒂。

阿加莎·克里斯蒂以她个人独特的魅力创造着侦探文学史上无数的传奇：她的创作生涯长达五十余年，一生撰写了八十余部侦探小说，她开创了侦探小说史上最著名的"黄金时代"；她让阅读从贵族走入家庭，渗透到每个人的生活中；她的作品被翻译成一百多种文字，畅销全球一百五十余个国家，作品销量与《圣经》《莎士比亚戏剧集》同列世界畅销书前三名；她的《罗杰疑案》《无人生还》《东方快车谋杀案》《尼罗河上的惨案》都是侦探小说史上的经典；她是侦探小说女王，因在侦探小说领域的独特贡献而被册封为爵士，她是侦探小说的符号和象征。她本身就是传奇。沏一杯红茶，配一张躺椅，在暖暖的阳光下读阿加莎的小说是一种生活方式，是惬意的享受，也是一种态度。

午夜文库成立之初就试图引进阿加莎的作品，但几次都与版权擦肩而过。随着午夜文库的专业化和影响力日益增强，阿加莎·克里斯蒂的版权继承人和哈珀柯林斯出版公司主动要求将版权独家授予新星出版社,并将阿加莎系列侦探小说并入午夜文库。这是对我们长期以来执着于侦探小说出版的褒奖,是对我们的信任与鼓励,更是一种压力和责任。

新版阿加莎·克里斯蒂作品由专业的侦探小说翻译家以最权威的英文版本为底本,全新翻译,并加入双语作品年表和阿加莎·克里斯蒂家族独家授权的照片、手稿等资料,力求全景展现"侦探女王"的风采与魅力。使读者不仅欣赏到作家的巧妙构思、离奇桥段和睿智语言,而且能体味到浓郁的英伦风情。

阿加莎作品的出版是一项系统工程,规模庞大,我们将努力使之臻于完美。或存在疏漏之处,欢迎方家指正。

新星出版社
午夜文库编辑部

Agatha Christie

Over the next few years, we plan to celebrate two very important Agatha Christie anniversaries. In 2015, it is the 125th anniversary of her birth in Torquay, South Devon, England, and in 2020 it will be 100 years after her first book, THE MYSTERIOUS AFFAIR AT STYLES, featuring her famous detective, Hercule Poirot, was published. This is therefore a very appropriate moment to publish a new edition of her works, and I am delighted that HarperCollins has chosen to work with New Star on these new editions. New Star is China's top crime publisher, and has a strong and dedicated editorial staff and a continued passion for Agatha Christie, making them the ideal partner. It is the right time to make these classic books available in modern translations and so to bring Agatha Christie's books anew to her many fans in China, giving them a new reason to re-read these much-loved stories, as well as introducing them to a whole new audience. How delighted Agatha Christie would have been that her stories (as she called them) are still giving so much pleasure to so many people all over the world!

I think there are two very remarkable things about Agatha Christie's stories. The first is that they are so adaptable. It doesn't really matter which language they appear in, the stories and the plots still give the same thrill, still provide the same puzzles, and the characters still have the same attraction. Readers in China will I am sure enjoy Hercule Poirot and Miss Marple just as much as we do in England, and readers in China will still be transfixed by the surprises and horrors of AND THEN THERE WERE NONE, one of the great classics of 20th century detective fiction, as we are here.

Agatha Christie

The second is that the stories give a wonderful picture of England, particularly rural England, at the time Agatha Christie lived. She wrote books from 1920 until 1970 but it is sometimes hard to tell which part of her life each book was written in. Her characters and the life they lived were very much the same. The life we all live is changing very quickly these days but the Agatha Christie world stays the same. Perhaps the Miss Marple stories provide the best example of this, and in some ways, THE BODY IN THE LIBRARY and NEMESIS are quite similar, despite the fact that thirty years elapsed between the time they were written.

Perhaps I might end by mentioning three Agatha Christies (other than the ones mentioned above) which I think demonstrate why she is so popular, even in the twenty-first century. The first is MURDER ON THE ORIENT EXPRESS, one of the most famous with one of the most ingenious and human plots. Read this on one of your long train journeys in China! Next is A MURDER IS ANNOUNCED, a Miss Marple which was her 50th book. It has my favourite murderer in it! And last is ENDLESS NIGHT a story about evil and how it affects three young people, written at the time when I knew her best, and understood how deeply she cared and sympathised with young people and the world they lived in.

Whichever are your favourites I hope you enjoy these stories that New Star are introducing to you again. I think it is a great publishing event.

Mathew Prichard
Grandson of Agatha Christie
Chairman of Agatha Christie Ltd

致中国读者

(午夜文库版阿加莎·克里斯蒂作品集序)

在未来的几年中,我们将要筹备两个非常重要的关于阿加莎·克里斯蒂的纪念日。二〇一五年是她的一百二十五岁生日——她于一八九〇年出生于英国的托基市,二〇二〇年则是她的处女作《斯泰尔斯庄园奇案》问世一百周年的日子,她笔下最著名的侦探赫尔克里·波洛就是在这本书中首次登场。因此,新星出版社为中国读者们推出全新版本的克里斯蒂作品正是恰逢其时,而且我很高兴哈珀柯林斯选择了新星来出版这一全新版本。新星出版社是中国最好的侦探小说出版机构,拥有强大而且专业的编辑团队,并且对阿加莎·克里斯蒂的作品极有热情,这使得他们成为我们最理想的合作伙伴。如今正是一个良机,可以将这些经典作品重新翻译为更现代、更权威的版本,带给她的中国书迷,让大家有理由重温这些备受喜爱的故事,同时也可以将它们介绍给新的读者。如果阿加莎·克里斯蒂知道她的小故事们(她这样称呼自己的这些作品)仍然能给世界上这么多人带来如此巨大的阅读享受,该有多么高兴啊!

我认为阿加莎·克里斯蒂的作品有两个非常重要的特征。首先它们是非常易于理解的。无论以哪种语言呈现,故事和情节都同样惊险刺激,呈现给读者的谜团都同样精彩,而书中人物的魅力也丝毫不受影响。我完全可以肯定,中国的读者能够像我们英国人一样充分享受赫尔克里·波洛和马普尔小姐带来的乐趣;中国读者也会和我们一样，读到二十世纪最伟大的侦探经典作品——比如《无人生还》——的时候，被震惊和恐惧牢牢钉在原地。

第二个特征是这些故事给我们展开了一幅英格兰的精彩画卷，特别是阿加莎·克里斯蒂那个年代的英国乡村。她的作品写于二十世纪二十年代至七十年代间，不过有时候很难说清楚每一本书是在她人生中的哪一段日子里写下的。她笔下的人物，以及他们的生活，多多少少都有些相似。如今，我们的生活瞬息万变，但"阿加莎·克里斯蒂的世界"依旧永恒。也许马普尔小姐的故事提供了最好的范例：《藏书室女尸之谜》与《复仇女神》看起来颇为相似，但实际上它们的创作年代竟然相差了三十年。

最后，我想提三本书，在我心目中（除了上面提过的几本之外）这几本最能说明克里斯蒂为什么能够一直受到大家的喜爱。首先是《东方快车谋杀案》，最著名，也是最机智巧妙、最有人性的一本。当你在中国乘火车长途旅行时，不妨拿出来读读吧！第二本是《谋杀启事》，一个马普尔小姐系列的故事，也是克里斯蒂的第五十本著作。这本书里的诡计是我个人最喜欢的。最后是《长夜》，一个关于邪恶如何影响三个年轻人生活的故事。这本书的写作时间正是我最了解她的时候。我能体会到她对年轻人以及他们生活的世界关心至深。

现在新星出版社重新将这些故事奉献给了读者。无论你最爱的是哪一本，我都希望你能感受到这份快乐。我相信这是出版界的一件盛事。

阿加莎·克里斯蒂外孙

阿加莎·克里斯蒂有限责任公司董事长

马修·普理查德

二〇一三年二月二十日

阿加莎·克里斯蒂侦探小说全集㉕
沉睡谋杀案
Sleeping Murder

Agatha Christie®

[英]阿加莎·克里斯蒂 著
周凯 译

新 星 出 版 社　NEW STAR PRESS

目录

1	第一章	一幢房子
8	第二章	壁纸
18	第三章	"掩住她的脸"
25	第四章	海伦
31	第五章	重新忆及的谋杀案
43	第六章	侦探练习
53	第七章	肯尼迪医生
64	第八章	凯尔文·哈利迪的幻觉
70	第九章	未知元素?
78	第十章	一份病历
85	第十一章	她生命中的那个男人
99	第十二章	莉莉·金博尔
102	第十三章	沃尔特·费恩
108	第十四章	伊迪丝·佩吉特
118	第十五章	一个地址

目 录

121	第十六章	母亲的儿子
128	第十七章	理查德·厄斯金
145	第十八章	旋花
150	第十九章	金博尔先生的话
153	第二十章	海伦姑娘
161	第二十一章	J.J. 阿弗利克
174	第二十二章	莉莉赴约
186	第二十三章	他们中的哪一个？
200	第二十四章	猴爪
213	第二十五章	在托基的尾声

第一章　一幢房子

格温达·里德站在码头边上，身子微微发抖。

在她的视野里，船坞、海关的棚顶和整个英格兰岛，都有点儿摇摇晃晃的。

就在那一刻，她做了一个决定——一个引发了后来一系列重大事件的决定。

她原本打算乘坐往返港口和伦敦的专列进城，但现在，她改变主意了。

说到底，她何必一定要去伦敦呢？那儿又没人等着她，也没人盼着她去。她刚刚从那条一路颠簸、嘎吱作响的小破船上逃出生天。（穿过海峡前往普利茅斯的三天旅程实在是让人痛不欲生。）此时，她最不愿意做的一件事，就是再把自己送上一列颠簸摇晃的火车。她要找一家酒店住下，那种既漂亮又稳固的酒店，踏踏实实地建在地面上的。她要躺在一张漂亮又结实的床上，一点儿也不会嘎吱响，更不会瞎摇晃。她要一觉睡到天亮——嗯，必须的——这真是个再好不过的主意了！然后，她就可以租上一辆汽车，慢悠悠地开，一点儿也不用着急，跑遍英国南部找房子，找一座漂亮的房子，一座她和贾尔斯商量好的那种房子。对，这真是个再好不过的主意。

这样一来，她就可以参观参观英国了。尽管像大多数新西兰人一样，格温达也会把英国称作"家"，但她从来没亲眼见过英国，只是贾尔斯以前跟她说起过。眼下的英国看起来可不怎么吸引人，灰色的天空憋着雨，锐利的风刃刮得人心烦气躁。格温达排在等候验护照过海关的队伍里向前挪动，她琢磨着："普利茅斯大概不是英国最好的地方。"

然而，到了第二天早晨，她的感受就发生了翻天覆地的变化。阳光普照大地，从窗户向外看去，景色十分迷人。整个世界看起来也不再摇摇晃晃了，一切都安定了下来。这才是英国，二十一岁的年轻夫人格温达·里德经过一路旅途奔波，终于到达这里。贾尔斯返回英国的时间还不能确定，短则数周，长则六个月，他就会来找她。贾尔斯建议格温达先到英国，找一所合适的房子，他们都认为最好能拥有固定居所。尽管贾尔斯常常要出差，有时候格温达也会一起去——条件不允许的话她就不去了。不过，他们还是希望有个家，一个属于自己的地方。贾尔斯最近从一位姑母那儿继承了一些家具，各种条件综合起来，买房子这事就变得合情合理了。

既然格温达和贾尔斯手头宽裕，实现他们的愿望也就不存在什么困难。

最开始，格温达不愿意自己一个人选房子，她说："这件事咱们应该一起做。"但是贾尔斯笑着说："我对房子不在行，只要你喜欢，我就喜欢。要有座小花园，不要那种崭新得吓人的房子，也别太大就行。要我说，在南部海岸附近就好，至少别离海岸太远。"

格温达问："有什么地方对你来说比较特别吗？"贾尔斯回答说，没有。他是个孤儿（他们俩都是孤儿），假期就到各个亲戚家轮流借住，对哪个地方都没有什么特别的情愫。他们的新家将是格温达的房子。要是等他来了再一起选房子，万一他得六个月以后才能来呢？格温达在那么长的时间里该怎么办呢？就在酒店里干等着吗？不行，她得找幢房子住。

"你的意思是，这些事全都得我来做！"格温达说。

不过，她还是很愿意先找好房子布置妥当，让贾尔斯一来就能舒舒服服地住进去。

他们刚刚结婚三个月，她非常爱她的丈夫。

在床上叫过早餐以后，格温达起了床，开始安排自己的计划。她花了一天时间游览普利茅斯，玩得很开心。第二天，她租了一辆舒适的戴勒姆轿车，又雇了一个私人司机，开始了穿越英国的旅程。

天气很不错，格温达的旅程也很愉快。她在德文郡看了几处房子，但没有特别满意的。不必着急，她可以继续找。她已经学会了从房产经纪人那些充满激情的宣传语中撷取有用信息，为自己省去了不少无意义的奔波。

一周以后的一个星期二傍晚，格温达的汽车从蜿蜒的山路上缓缓驶来，开进迪尔茅斯。在风光迷人的外围海滨，汽车经过了一块标明"出售"的公告牌，透过树丛，隐约可以看到一座白色的维多利亚式别墅。

格温达瞬间感到一种震动，太棒了，她几乎立刻认定了这房子。这就是她的房子！她已经确定了。格温达甚至可以想象出那座小花园和长长的窗户……她可以确认，这就是自己想要的房子。

天色已晚，格温达只好先到皇家克莱伦斯酒店住下。第二天一早，她就找到了那幢房子的经纪人——那块公告牌上标了经纪人的名字。

不一会儿,她就手持看房许可,站在了那幢房子的客厅里。整个客厅呈老式的长条状,有两扇法式落地窗,落地窗外面是露台,露台尽头有一座假山,上面栽着不少灌木,花开得正好,山坡很陡,直挺挺地戳在一大片草坪上。花园的边缘种着树,在树的那头就可以看见海。

"这就是我的房子,"格温达想,"这就是家。我好像对这幢房子的每一寸土地都了如指掌似的。"

这时候,门开了,一个高大冷漠、神色忧郁的女人走进来,重重地哼了一声。

"您是亨格雷夫夫人吧?加尔布雷斯和彭德利经纪公司给我开了看房许可。不过,恐怕我到得早了点儿……"

亨格雷夫夫人用鼻子喷着气,没精打采地说了声不碍事。于是,格温达就开始看房了。

没错,就是它了。不是特别大,样式有点儿旧,不过她和贾尔斯可以再布置一两间浴室。厨房可以改造得现代化一点儿。好在里面已经有了一个雅家炉,还有一个新水槽和现代化设备……

格温达正入神地琢磨着自己的改造计划,亨格雷夫夫人却在一边用沉闷的声音唠叨着关于亨格雷夫少校临终前病情的鸡毛蒜皮。格温达不想失礼,只好把自己劈成了两半,让一半的自己对亨格雷夫夫人表示慰问、同情和理解。她了解到亨格雷夫夫人的亲人都住在肯特郡,夫人很想快点儿搬过去和他们住在一起。少校生前非常喜欢迪尔茅斯,在高尔夫俱乐部任职多年,但是夫人本人嘛……

"是的……当然……对你来说太可怕了……这很自然……是的,疗养院就那样……当然,当然……你一定是……"

而另外一半的格温达则是大脑飞速旋转着:"这是个放床单

被褥的柜子，应该是吧……没错。双人卧室，海景不错，贾尔斯肯定会喜欢。这个小房间挺实用的，给贾尔斯当更衣室……浴室这边，浴缸壁我想要桃花心木的——哦，这不就是嘛！太好了——而且浴缸就摆在浴室正中！这个不用改了，太时髦了。

"这么大的一个浴缸！

"边沿上都能放个苹果了，海船模型、绘着花纹的鸭子也放得开。躺在这里面，可以想象自己其实是在海里……可以把后面那个没窗户的空房间改造成两个真正时髦的浴室，装修成绿色和金属铬色的，用从厨房出来的管道应该就行，就保持它……"

"胸膜炎，"亨格雷夫夫人说，"第三天就转成了双侧肺炎……"

"太可怕了，"格温达接口说，"走廊那头还有卧室吗？"

确实有，而且正是她想象的那个样子，卧室的格局近乎圆形，窗户是向外凸出的那种。

当然了，这间屋子她肯定得重新装修。房子的整体情况很好，不过，亨格雷夫夫人这样的人怎么会喜欢把墙漆成深浅不一的黄褐色呢？

她们从走廊原路返回。格温达出神地念叨着："六间，不对，是七间卧室，把那个小房间和阁楼也算上。"

地板随着她的脚步吱吱嘎嘎地轻响。此时此刻，她甚至觉得住在这里的是她自己而不是亨格雷夫夫人！亨格雷夫夫人就像一个入侵者，一个把房间漆成深浅不一的黄褐色的女人，就跟她客厅里粗糙的紫藤毛呢一样劣质。格温达低头看了一眼手里的报价单，在那张打印件上，房产详情和要价都写得清清楚楚。

经过了这些天的历练以后，格温达对于判断房产价值已经非常精通了。对方要的总价并不贵，当然，这房子还得做做翻新改造工程，但即使这样……格温达注意到了"价格可议"的字样，亨格雷夫夫人想必特别着急想搬到肯特郡去和"她的自己人"住在一起吧。

她们正从楼梯往下走着,格温达突然被一股没来由的恐惧感笼罩了。这种感觉很不舒服,瞬间又消失了。不过,它给格温达提了个醒。

"这房子……不闹鬼吧?"格温达问道。

亨格雷夫夫人这会儿正说到亨格雷夫少校病情恶化的事,她走在格温达前面,低了一级台阶,凶巴巴地抬头瞪了格温达一眼。

"我没见过,里德夫人。怎么?有谁说过这些话吗?"

"你没感到过或者亲眼见过什么东西吗?这儿没死过人吗?"

说错话了——格温达反应过来,亨格雷夫少校可能就是……但她已经来不及改口了。

"我丈夫是在圣莫尼卡疗养院过世的。"亨格雷夫夫人硬邦邦地回了一句。

"哦,是是是,你告诉过我。"

亨格雷夫夫人继续冷若冰霜地说:"这幢房子建了得有上百年了,在这么长的时间里,死过人也很正常。七年前,这所房子归了我丈夫,前任主人是埃尔沃西小姐,她当时身体很好,还打算到国外去传教呢。她也没说那会儿她家里有谁过世。"

看到亨格雷夫夫人心情低落,格温达赶紧好言安抚。接着一路回到了客厅,整个房间既宁静又漂亮,正是格温达渴望的那种氛围,她那一瞬间的恐惧现在看起来显得那么莫名其妙。那时候是什么攫住了她呢?这所房子明明一点儿问题也没有。

问过亨格雷夫夫人能否看看花园之后,格温达穿过法式落地窗,来到了外面的露台上。

"这儿应该弄个台阶。"格温达一边想,一边往草坪那边走。

然而那里却戳着一大株连翘,在这个地方显得十分高大碍眼,把海景挡了个严严实实。

格温达点点头,她肯定得改造这里。

亨格雷夫夫人领着格温达穿过露台,走到草坪边缘时下了几级台阶。格温达注意到,因为疏于照料,假山上荒草蔓生,大多数正在开花的灌木都亟待修剪。

亨格雷夫夫人低声道歉,说花园确实疏于照管。她只雇得起一个花匠每周来照料两次,那人还老是旷工。

她们又看了看小而合用的菜园,然后就回屋了。格温达解释说,她还得再看几处房子,尽管她非常喜欢"山腰别墅"(这所房子的名字多平凡啊),但还不能立刻就下决定。

送别的时候,亨格雷夫夫人用有点儿期待又有点儿担忧的眼神看看格温达,恋恋不舍地缓缓呼出了长长的一口气。

格温达回去见了房产经纪人,在调查报告上给了个心理底价,然后就漫步于迪尔茅斯,游览了一上午。这是一个迷人的老式海滨小镇。在远一点儿的地方,小镇比较"现代化"的另一端,有几间外观崭新的宾馆和看起来挺新的简陋平房,但是由于地势背山面海,迪尔茅斯避免了过度扩展的命运。

午饭之后,房产经纪人给格温达打了个电话,说亨格雷夫夫人接受了她的报价。格温达唇上绽开带着点儿顽皮模样的微笑,到邮局给贾尔斯拍了封电报:

房已买妥。爱你。格温达。

"他知道了会高兴的,"格温达自言自语地说,"让他瞧瞧,我可没有荒废时光!"

第二章　壁纸

1

一个月以后，格温达搬进了山腰别墅。贾尔斯姑母的家具也运到新家里布置好了，这些老式家具质量不错。有一两个衣柜实在太大，被格温达卖掉了，其他家具的尺寸都很合适，与新家的风格也很协调。客厅里的小桌子由好几种材质制成，五颜六色的，上面镶嵌着珍珠母，绘着城堡和玫瑰。还有一个收拾得整整齐齐的小工作台，下面附带一个真丝的收纳袋。此外，还有红木书桌和桃花心木茶几。

格温达把安乐椅安置到各个卧室里，又买了两个舒适的井形座椅，分别放在壁炉两侧，她自己一个，贾尔斯一个，还在窗边放了一个大大的皮沙发。窗帘则选用整齐地印着玫瑰花样茶壶和黄色小鸟图案的印花布。到现在她才觉得，这个房间完完全全对味儿了。

装修工人还在房子里，所以格温达仍无法安居。按理说，他们现在应该走了，但是格温达明白，除非她正式住进来，否则他们是不会离开的。

厨房改造已经完工，新浴室也布置得差不多了。至于进一步的装修，格温达想过段时间再说，她想好好感受一下她的新家，再决定卧室具体要用什么颜色。这房子现在已经收拾得相当不错了，没必要把所有的事情一次做完。

帮格温达管理厨房事务的是她请来的科克尔太太，这是一位谦恭有礼、和蔼端庄的女士，她不赞同格温达过于忽略阶层之分的友好姿态。不过，只要格温达能够端正自己的位置，她也不会太较真。

这天早上，格温达还坐在床上的时候，科克尔太太端来了餐盘，放在她的膝头。

"家里没有男士在的时候，"科克尔太太坚定地说，"女士更宜在床上用早餐。"对于这条不成文的英国习俗，格温达也就屈从了。

"早上时间太紧了，"科克尔太太观察着格温达的脸色，为餐盘上的鸡蛋做了一下解释，"你说过想吃熏鳕鱼，但你不会喜欢在卧室里吃的，那味道太冲了，晚餐时我再给你做。来点儿奶油吐司。"

"哦，谢谢，科克尔太太。"

科克尔太太和气地笑了笑，准备退下。

格温达没住那间宽敞的双人卧室，想等贾尔斯回来再住。她选的是走廊尽头的卧室，就是格局是圆的、窗户也是向外凸出的那间。住在那儿，她特别有家的感觉，很开心。

她环顾四周，冲动地喊了一声：

"我太喜欢这所房子了。"

顺着她的意，科克尔太太也环视了一下。

"这房间相当漂亮，夫人，虽然小了一点儿。从窗户上的栅栏来看，我敢说，这里以前是间儿童房。"

"这我可没想过，也许吧。"

"啊，是吧。"科克尔太太意味深长地应了一声，退了出去。她的言外之意是："等先生来住了，谁知道呢？儿童房很有必要。"

格温达脸红了。她四下看了看。儿童房？是的，这是间挺不错的儿童房。她开始在脑海里畅想如何布置这间儿童房。大玩具屋和放玩具的矮柜靠墙摆，炉火欢快地跳跃，高大的护栏环绕，栏杆上晾着东西。但是墙上绝不能用这种丑极了的芥末黄，绝不！得用颜色鲜亮的壁纸，既明快又愉悦。小束罂粟花和小束矢车菊相间……没错，那会很可爱的。得找找这样的壁纸，她很确定自己在什么地方看到过。

屋里已经有了两个壁橱，没必要再放太多家具。但角上那个壁橱是锁着的，钥匙也找不到了。事实上，这个壁橱整个儿都被漆过，看来已经有好多年没打开过了，她得趁着工人们还没走，让他们把它打开。要不，她那么多衣服就没地方放了。

在山腰别墅，她越来越有家的感觉。敞开的窗户外面，有人在重重地清喉咙，短促的干咳声传了进来。格温达三口两口把早餐吃完。一定是福斯特来了，那位打零工的花匠并不是每次都能按约过来，但他说过今天会来。

格温达洗过澡，换了衣服，穿上一条花呢裙子和一件针织衫，赶忙出屋到了花园里。福斯特正在客厅的窗户外面干活儿。格温达提的第一个要求就是从这里开一条能穿过假山的路。福斯特本来执意不干，说那样就得把连翘刨了，锦带花和那丛丁香也保不住。不过，格温达始终坚持己见，他现在已经干得热火朝天了。

福斯特乐呵呵地跟她打招呼："看起来，你能回到过去了，小姐。"他坚持管格温达叫"小姐"。

"过去？怎么讲？"

福斯特拿起铲子敲打着指给她看:"我发现了原来的台阶。看,通到那边的,就是你想要去的方向。有人挖了这道台阶,后来又给填了。"

"那是他们没眼光,"格温达说,"这儿就得有从客厅窗户到草坪和海边的深景。"

"深景"这个概念对福斯特来说有点儿不好理解。不过,他还是勉强表示了赞同,他谨慎地说:"我也不是说这么做就完全不会有效,但我得提醒一下,你想能看景,可灌木丛挡住了客厅的光线。就算你不乐意,它们还是会长起来的,这连翘长得太壮了,以前我没见过这么壮的。那些丁香倒还罢了,可锦带花还挺贵的——再提醒一句,锦带花年头儿太久了,移栽不了。"

"嗯,我明白,但这样一弄,就好看了不知道多少倍。"

"哦,"福斯特挠挠头,"大概吧。"

"这么一弄才对味儿。"格温达说着,点了点头。她突然问了一句,"在亨格雷夫家住进来之前,这里住的是什么人?他们住的时间不怎么长,是吗?"

"差不多有六年吧。他们的身份可配不上这房子。在他们之前?是埃尔沃西小姐,一个虔诚的低教会派信徒,她给异教徒传教去了。还有一个黑人牧师也在这里住过,没错。一共住了四个人,还有他们的男信徒——可他并不经常去探望女信徒。再之前……我想想看,是芬德孙夫人……啊!她可是真正的上等人,上等人!她的身份才配得上这幢房子。她住在这里的时候,我还没出生呢。"

"她是在这里过世的吗?"格温达问。

"她死在国外,埃及还是什么地方。但她的遗体被运回家,葬在了教堂墓地。木兰和那些金链花就是她种的,还有那些海桐。她非常喜爱灌木。

福斯特接着说:"山脚下的那些新房子那会儿都还没建起来。典型的乡村,没有电影院,没有新商场,更没有商场前的广场空地!"他的语气里充满了上了年纪的人对于变革的不满,"变!"他轻蔑地哼了一声,"除了'变',什么也没剩下。"

"我觉得事物终归都得发生变化,"格温达说,"如今毕竟有了很多进步,不是吗?"

"变化!他们都那么说,但我可没看到。"他向左边的大果灌木一指,灌木丛那边,一座建筑隐约可见,"那边以前是个小医院,当初,"他说,"又漂亮又方便。后来他们搬走了,在镇子外面一英里的地方建了个大医院。门诊日去看病,得走上二十分钟,要不就得花三便士坐公共汽车。"他又朝灌木丛指了指,"那儿现在改成了女子学校,十年前搬来的。一直都在变。如今,人们买幢房子住不上十几年就又搬走了,没个消停。这能落个什么好?除非能料事如神,要不就什么也种不好。"

格温达动情地看着木兰,说:"就像芬德孙夫人一样。"

"啊,她是那种中规中矩的人。搬来的时候她刚刚结婚,在这儿把孩子们拉扯大,又看着他们成家立业,然后送走了她的丈夫,看着孙子辈一个个地落生,到了快八十岁的时候安然去世。"

福斯特的语气饱含着热烈的赞许。

格温达微微一笑,回了屋。

她看了看工人们的施工情况就回了客厅,坐在书桌前写信。贾尔斯住在伦敦的表亲给格温达写了信,说无论她什么时候想去伦敦,都请到他们位于切尔西的家中去住。她得给表亲们回个信。

雷蒙德·韦斯特是一位非常著名的小说家,他的妻子琼则是一位画家,格温达以前就认识她。如果去跟他们同住应该会有很多乐趣,不过他们很可能会认为她是个一窍不通的门外汉。"贾尔斯和我都不是什么文化人。"格温达反省着。

前厅里的盘形钟响了,洪亮得跟教堂里的钟声似的。这座盘形钟的外壳是黑檀木的,上面雕刻着繁复的花纹。它是贾尔斯的姑母最珍视的宝贝。每次它一响,科克尔太太就特别高兴,总要听它敲到最后一响。格温达用手堵住耳朵,站起身。

她迅速穿过客厅,走到窗户旁边的墙前,再次懊恼地抱怨了一声。这已经是她第三次这么走了。她好像总想穿越坚固的墙壁走到隔壁的餐厅里去似的。

她又折回屋里,走到前厅,然后绕过客厅的墙角,朝餐厅那边走去。这么走不但绕远,冬天的时候更烦人,因为前厅不仅四处透风,而且没有暖气,集中供暖只通到客厅、餐厅和楼上的两个卧室。

"真是不明白,"格温达坐在漂亮的谢拉顿①式餐桌前暗自嘀咕。这餐桌是她花了大价钱买来的,没用拉文德姑妈那张桃花心木大方桌。"真是想不通,怎么就不能在客厅和餐厅之间开道门呢。等西姆斯先生下午过来,我得跟他说说这事。"

西姆斯先生是建筑师兼室内设计师,如今人到中年,尽管嗓音沙哑,但口才很好。他总是随身带着一个小本子,时刻准备着记录一切能让他的主顾大出血的点子。

格温达跟西姆斯先生咨询能不能开个门的事,他对这个主意十分赞同。

"这真是再简单不过的事了,里德夫人。而且,也可以说是

---

①谢拉顿(Sheraton,1751—1806),英国新古典主义家居设计大师,其设计风格以简约、轻便、实用著称,作品线条平直、比例协调、外形修长。

很棒的改进。"

"开销会很大吗?"西姆斯先生的欣然同意和殷勤热情让格温达起了疑心。本来,实际发生的费用就有多项超出了西姆斯先生的原始预算,他们已经因此发生了点儿不愉快。

"不过是小意思。"西姆斯先生说。他沙哑的嗓音里透着满不在乎,挺让人安心的,格温达却更怀疑了。西姆斯先生的"小意思"她已经领教过了,他直截了当给出的预算总是特意压低的。

"我跟你说,里德夫人,"西姆斯先生哄着她说,"等今天下午更衣室完工之后,我让泰勒过来看看,那时候就能给你个准信儿了。要花多少钱得看墙的情况怎么样。"

格温达同意了。她给琼·韦斯特写了回信,对琼的邀请表示了感谢,又解释自己得看着装修工人们干活儿,所以目前不能离开迪尔茅斯。然后,她出门在房前散步,享受海面上微风的轻拂。回到客厅的时候,西姆斯先生的工头泰勒正好查看完墙角站起身来,咧嘴冲她一乐,打了个招呼。

"完全没问题,里德夫人,"他说,"这里原来就有一道门,就在这儿。有人不希望这里有门,把它给堵起来了。"

格温达有点儿吃惊。"多奇怪呀,"她想,"我好像总觉得那边有门。"她记得午饭时,自己往那边走得理所当然。想到这里,非常突然地,她感到一种不安的心悸。仔细琢磨起这件事来,确实很奇怪呀……为什么她就那么理所当然地感觉到那边有个门呢?从外表看,墙上没有任何痕迹。她是怎么猜到或者说是知道,那个位置有门呢?开一扇能通到餐厅的门当然很方便啦,但为什么她每次都能准确无误地走到那个确切的地点呢?墙上随便哪个位置都很适合开一扇门,但她总是一边想着事,一边下意识地就走到真实存在一扇门的那个地方。

"但愿,"格温达不安地想,"我可别是有了透视眼什么的……"

她身上从来没发生过任何哪怕最不起眼的灵异现象。她可不是那种人。或者,她还真是?外面那条小路,从露台穿过灌木丛到草坪那边,她是因为不知怎么地就知道了那儿有一条小路,所以才坚持要在那个地方开条路吗?

"说不准我还真有点儿灵异功能呢,"格温达不安地想,"或者这事跟这幢房子有什么瓜葛?"

她那天为什么会问亨格雷夫夫人,这幢房子闹不闹鬼呢?

不闹鬼!这是幢多漂亮的房子啊!不会有任何问题。但是,亨格雷夫夫人好像被这个问题吓了一跳。

或者,她的态度有所保留,有所警惕?

"天哪,我开始胡思乱想了。"格温达想道。

她努力把自己的思绪收回来,继续与泰勒商量。

"还有一件事,"她又说道,"我楼上屋里有一个橱柜被封死了,我希望把它打开。"

泰勒和她上楼去看了看橱柜的门。

"这上面漆了好几层,"他说,"如果你想打开,我明天叫人过来弄。"

得到格温达的默许以后,泰勒回去了。

当天晚上,格温达觉得心惊肉跳、惴惴不安。她坐在客厅里试着看会儿书,可家具发出一星半点的嘎吱声她都听得清清楚楚。有那么一两次,她还打着哆嗦扭过头去看。她反复跟自己说,门和小路没什么问题,不过是巧合罢了。不管怎么说,大多数人都会做那样的选择。

格温达没能说服自己,还是不敢上楼去睡觉。等她终于站起身，把灯关上，打开通往前厅的门，结果发现自己还是不敢上楼。她急匆匆地几乎是沿着走廊狂奔，打开了卧室的门。一进屋，她立即发现自己的恐惧情绪稳定了下来，然后逐渐消失了。她动情地环视整个卧室。在这里她感到安全，既安全又幸福。是的，现在她在这儿了，她安全了。（"你这是从哪儿冒出来的安全感呀？你这个白痴！"她这么问自己。）她看着自己的睡衣摊在床上，下面是她的拖鞋。

"真是的，格温达，你今年六岁吧！你该穿鞋头上黏着小兔子乖乖的兔儿鞋！"

她心情放松地上了床，很快就进入梦乡。

第二天上午，她进城办了不少事，午饭时分才回到家。

"你卧室里的橱柜已经打开了，夫人。"科克尔太太一边说着，一边给她端上美味的煎鲽鱼、土豆泥和奶油胡萝卜。

"哦，好的。"格温达说。

她肚子饿了，津津有味地享用了午餐，然后在客厅喝了咖啡，之后就上楼回卧室了。她走进屋里，拉开了角上那个橱柜的门。

她突然惊恐地低叫了一声，目不转睛地盯着橱柜，呆呆站住了。

卧室墙上已经贴上了淡黄色的墙纸，只有橱柜里面才保留了原来的墙纸。这间卧室以前用的是明快的花卉图案，那是一束束猩红的罂粟花与一束束蓝色的矢车菊相间的图案……

2

格温达站在那里，凝视良久，然后摇摇晃晃地走到床边坐下。

现在,她身在一幢从没来过的房子里,而这幢房子则位于一个她从没来过的国家。仅仅两天之前,她还躺在床上畅想要给这间屋子用哪种壁纸,她想到的最合适的壁纸,竟然和这墙上曾经贴过的壁纸一模一样!

各种解释在她的脑海里失控般地回荡。邓恩、《时间实验》[①]——没看到过去却看到了未来……

她可以说花园里的小路和那道门只是巧合——其实这不会是什么巧合。但如果说你想象了一种独特的壁纸图案,然后就发现了与你想象中一模一样的壁纸,这就完全不可理解了……不,这里面有某种原因,这使她感到困惑,而且……是的,使她惊惧。她不时能看见,不是看见未来,而是看见过去,看见过去这幢房子的状况。随时随地,她都可能看到更多的东西——她不想看到的东西……这幢房子在吓唬她……但是,吓唬她的,到底是房子还是她自己呢?她可不想变成能看见那种东西的人啊……

她深深地吸了一口气,戴好帽子,套上外套,迅速地溜出房子。在邮局里,她拍了一封电报:

韦斯特,伦敦 切尔西 爱德威广场 十九号。
我改主意了,可以明天到你那儿去吗?

格温达

她付了回电报的费用。

[①] 约翰·威廉·邓恩(John William Dunne,1875—1949),爱尔兰航空工程师、思想家,其关于时间的著名理论认为,时间中的每一刻都在同一时点发生,因此人们可以在不知情的情况下感受到过去发生过的事并预见未来将要发生的事。这一思想在其著作《时间实验》中有详细论述。

第三章 "掩住她的脸"

雷蒙德·韦斯特和他的妻子尽了一切努力，想使小贾尔斯的妻子感到他们非常欢迎她的到来，可格温达私下里还是觉得自己在他们面前很紧张。这并不是他们的问题。雷蒙德长相怪异，像只凶猛的大乌鸦，他抓头发的动作以及在深奥得令人难以理解的谈话中突然提高的声调，都让格温达只能瞪圆了眼睛，不知所措。他和琼好像在使用他们二人之间特有的语言交谈。格温达从来没置身于如此高端的文化氛围之中，事实上，每一个术语对她来说都是那么陌生。

"我们已经打算好了，要带你去看一两场演出。"雷蒙德这么说的时候，格温达正在喝杜松子酒。其实，在旅途颠簸之后，她很希望能喝上一杯茶。

格温达立刻兴奋起来。

"今天晚上是赛德勒之泉剧场的芭蕾舞，明天去参加我那妙不可言的简姨妈的生日聚会——能看到吉尔古德出演的《马尔非公爵夫人》，到了星期五，你得看看《他们走路不用脚》。那是一部翻译过来的俄国戏剧，绝对是最近二十年最有意义的剧目，在小威特摩尔剧场演出。"

对于他们安排的娱乐活动，格温达表示了感谢。毕竟，贾尔斯过来以后，他们也会一起去看音乐表演和其他演出。想到要去看《他们走路不用脚》，格温达有一点点抵触心理，她只能假设自己会喜欢看。但仅仅就"有意义的"剧目这个词来说，这出戏大概不会好看到哪里去。

"你会喜欢简姨妈的，"雷蒙德说，"她是那种我称之为完美的'固化时代'的人，有着一颗维多利亚时代的心。她所有的梳妆台都用印花布包裹桌腿。她住在乡下，那种村子里从不会发生任何事去打破人们的宁谧生活，死水无波一样的宁谧。"

"那里其实是发生过事情的。"他的妻子插了一句。

"不过是一出传奇剧罢了——挺粗劣的——毫无精妙之处。"

"那个时候你可玩得相当开心啊。"琼眨眨眼睛，提了一句。

"有些时候，我会享受乡间斗蟋蟀的游戏。"雷蒙德一本正经地说。

"不管怎么说，简姨妈在那桩谋杀案里的表现相当出色。"

"哦，她可不是个傻瓜。她特别喜欢解决难题。"

"难题？"格温达问道，立刻联想到了算术题。

雷蒙德挥着一只手说：

"任何难题都无所谓。天气晴朗的晚上，杂货店老板娘为什么要带着雨伞去参加教堂联谊会？半斤虾鳃为什么会在那个地方发现？教区牧师的白法衣发生了什么事？这些是待磨的麦子，简姨妈就是磨盘。如果你在生活中遇到了什么问题，尽管去找她，格温达。她会给你答案。"

他哈哈大笑，格温达也笑了，但并非发自内心。第二天，她被引见给简姨妈，大家都称呼她马普尔小姐。马普尔小姐上了年纪，但很有魅力，身材高瘦，面颊红润，双眼蔚蓝，举止温文尔雅、礼仪严谨,那双蓝眼睛里经常闪烁着微微的光芒。

他们早早用了晚餐,大家为了简姨妈的健康祝酒,然后就一起来到了陛下剧院。聚会上还有两个客人,一位是年长的艺术家,一位是青年律师。艺术家一直在跟格温达谈话,律师则分别关注着琼和马普尔小姐,他似乎非常欣赏马普尔小姐的高谈阔论。然而,在剧院里,这种关系却反过来了。格温达坐在了这一排的中间位置,在雷蒙德和律师之间。

灯光调暗,演出开始了。

演员们的表演非常精彩,格温达看得非常享受。她看过的一流舞台剧并不是很多。

演出到了尾声,剧情推进到了恐怖的顶点。男演员的吟咏越过舞台脚灯传来,语调里充满了乖戾扭曲的悲剧气息。

掩住她的脸,光影晃花了我的眼,她死在青葱年华……

格温达厉声尖叫。

她从座位上跳了起来,胡乱地推开其他人,走到走廊上,穿过出口,从楼梯上去,到了街上。她并没有停下来,反而加快脚步,茫然无措地朝着草市街而去,一半是走,一半已是跑了起来。

直到皮卡迪利大街,格温达才看见一辆缓缓开过来的空出租车,她招呼它停下,上车,给了司机那幢在切尔西的房子的地址。她的手哆嗦着掏出钱来,付了车费,然后上了楼梯。给她开门的仆人看了她一眼,大吃一惊。

"你这么早就回来了,小姐。不舒服吗?"

"我没……是的,我……我有点儿头晕。"

"你需要什么吗,小姐?来点儿白兰地?"

"不,什么都不要。我要上楼休息了。"

不想再被追问,她跑着上了楼梯。

她脱下衣服,扔在地上堆着,直接上了床,躺在那儿浑身发抖,心脏狂跳,双眼死死盯着天花板。

楼下又有人进屋,但她并没有听到声响。大约五分钟以后,卧室的门开了,马普尔小姐走进来。她用胳膊夹着两个热水瓶,手上端着一个杯子。

格温达从床上坐了起来,试着抑制住全身的颤抖。

"哦,马普尔小姐,真的非常抱歉。我不知道是怎么了……太害怕了我实在是。他们很生气吧?"

"别担心,好孩子,"马普尔小姐说,"你只要暖暖和和地抱着这两个热水瓶就行了。"

"我其实不需要热水瓶。"

"不,你需要……这就对啦。现在,把这杯茶喝了。"

茶很烫也很浓,还放了很多很多糖,但格温达还是顺从地把它喝了。现在,颤抖终于平缓了下来。

"只要躺下睡一觉就好,"马普尔小姐说,"你明白吗,你这是受惊了。明天早上咱们再谈今天的事。什么也不用担心,只要好好地睡一觉就行了。"

她把被子拉好,面带微笑,轻轻拍了拍格温达,离开了。

楼下,雷蒙德焦躁地跟琼说:

"说到底,那姑娘是怎么了?她是不舒服还是怎么回事?"

"亲爱的雷蒙德,我不知道,她只是尖叫!我猜也许是剧情对她来说太可怕了。"

"嗯,当然,韦伯斯特是挺可怕的。但我不认为……"马普尔小姐走进来,他话音一转,"她还好吗?"

"我看还好。她受了严重的惊吓。"

"受惊?就因为看了一出詹姆士一世风格的戏剧?"

"我觉得肯定还有什么别的原因。"马普尔小姐若有所思地说。

格温达的早餐送来了。她喝了点儿咖啡,吃了一小块吐司。她起床下楼的时候,琼已经去了画室,雷蒙德则把自己关在了工作室里,只有马普尔小姐坐在窗边忙着编织,从窗口可以看到外面的一条河。

格温达进来的时候,马普尔小姐抬起头看了看她,笑容沉静温柔。

"早上好,亲爱的。你好点儿了吧?"

"哦,是的,我完全没事了。真不明白,昨天晚上我怎么会把自己弄成那么一个彻头彻尾的大白痴。他们是不是……是不是都被我气疯了?"

"不,亲爱的。他们很理解你。"

"理解什么?"

马普尔小姐放下手里的活计,抬头看了她一眼。

"昨晚你受了严重的惊吓。"她温和地说,"能不能跟我说说是怎么回事儿?"

格温达不停地走来走去。

"我觉得我最好去看看精神科医生之类的。"

"当然,伦敦有最优秀的精神科专家,但是你真的认为有必要吗?"

"呃，我想我是要疯了……我肯定是要疯了。"

一位上了岁数的客厅女仆走进房间，手上端着的托盘里有一封电报。她把电报递给了格温达。

"送电报过来的小伙子问您是否需要回电，夫人。"

格温达撕开电报，是从迪尔茅斯转过来的。她茫然无措地盯着电报看了一会儿，然后把它揉成了一团。

"没有回电。"她机械地回答。

女仆离开了。

"但愿不是坏消息吧，亲爱的？"

"是贾尔斯——我丈夫发来的。他马上就要坐飞机回来了，一星期之内就能到这儿。"

她的声音里充满了惶恐和痛苦，马普尔小姐轻轻咳了一声。

"啊……当然……这很好，不是吗？"

"是吗？在这个当口，我都不知道我是不是疯了！如果我真的疯了，那我压根儿就不该跟贾尔斯结婚。还有那幢房子和所有的这些事。我不能回到那儿去。哦，我不知道应该怎么办了。"

马普尔小姐拍了拍沙发，让她坐过来。

"也许你可以坐到这边来，亲爱的，然后跟我说说到底怎么了。"

格温达心情放松了一些，于是接受了她的建议，把整件事说了出来，从第一次看到山腰别墅，到那些让她起初感到困惑，后来又感到忧心的事情。

"所以我都被吓死了，"到了最后，她说，"于是，我想还是到伦敦去——摆脱所有的这些事。只是，你看，我摆脱不了，它总是在跟着我。昨天晚上……"她闭上双眼，咽了口唾沫，陷入回忆。

"昨天晚上？"马普尔小姐追问。

"我敢说你不会相信这事，"格温达的语速非常快，"你会觉得我是歇斯底里、精神失常了之类的。就在那出戏的尾声，突然就来了。我正看着戏呢，压根儿就没想到那房子。然后它就来了……突然就来了……就在他念那句台词的时候……"

她低声重复着，声音颤抖不已：

掩住她的脸，光影晃花了我的眼，她死在青葱年华……

"我回到了那里……在楼梯上，我透过栏杆之间的空隙往下看着门厅，就看见她躺在那儿。手脚摊开——死了。她的头发是金黄色的，她的脸全是……全是青的！她死了，被人掐死了，有人用那种一模一样的透着可怕餍足的语调说着那些话……我还看见了他的双手……灰颜色，皱皱巴巴的……那不是人手……是猴爪子……我害怕极了，我跟你说，她死了……"

马普尔小姐柔声问了一句："谁死了？"

格温达的回答迅速而机械。

"海伦……"

第四章　海伦

有那么一会儿，格温达盯住了马普尔小姐，然后把额前的刘海往后面拢了拢。

"我为什么要这么说呢？"她说，"为什么要说海伦？我根本不认识什么海伦！"

她把手垂了下来，做了一个充满绝望意味的手势。

"你看，"她说，"我就是疯了！我已经出现妄想症状了！我老是看见不存在的东西。一开始只是壁纸——可现在竟然看见了死尸。我的情况一定是恶化了。"

"先别急着下结论，亲爱的……"

"要不就是这房子。这房子闹鬼……或者是被施了妖法还是什么的……我能看见那里发生过的事……或者即将发生的事——那就更糟糕了。也许是有个叫海伦的女人即将在那里被害……只是我实在不明白，如果是那房子闹鬼，可我已经离开那里了，为什么还会看见那些可怕的东西呢？所以我真的觉得我肯定是马上就要精神失常了，最好立刻去看精神科医生——今天上午就去。"

"啊，当然了，亲爱的格温达，要是你实在没有别的办法了，倒是可以那么做。但我个人认为，最好还是先看看有没有最简单、最普通的解释。我来梳理一下情况，困扰你的事情有三件是明确无疑的：花园中的一条小径，明明已经被植被覆盖，你却能感到那里有路；一道被砌死了的门；还有你没看过就准确无误地想象出具体细节的壁纸。是这样吗？"

"是的。"

"哦，最简单、最自然的解释应该是，你以前看见过它们。"

"上辈子吗，你是说？"

"不是啊，亲爱的，我说的是这辈子。我是说，它们也许是你的真实记忆。"

"但是，我是一个月之前才来英国的，以前从没来过，马普尔小姐。"

"你真的那么确定吗，亲爱的？"

"当然能确定。我一直住在新西兰的基督城旁边。"

"你是在那里出生的吗？"

"不，我出生于印度，父亲是一位英国军官。我出生一两年以后，母亲就去世了，于是父亲把我交给母亲在新西兰的亲人抚养。几年后，父亲也去世了。"

"你不记得从印度到新西兰这期间的事了吧？"

"也不是，我有点儿印象，只是非常模糊。我们在一条小船上，有一个圆形的类似窗口的东西——我猜是舷窗。还有一个男人，穿着白色军服，脸红红的，眼睛是蓝色的，下巴上有一个印记——我猜是块伤疤。他把我抛到半空再接住，我记得自己又害怕又开心。但这些全都是支离破碎的零星片断。"

"记不记得你有没有保姆或奶妈？"

"没有奶妈——南妮。我记得南妮，因为她在我身边待了一段时间，到我五岁的时候才离开。她会用纸剪鸭子。对了，她也在船上。我讨厌船长的胡子，他一亲我，我就哭，我一哭，她就数落我。"

"有意思,亲爱的,因为你看,你把两次的航行给混在一块儿了。一次航行里,船长留胡子,而另一次航行里,船长的脸是红的,下巴上还有一块疤。"

"是啊,"格温达琢磨着,"我猜我肯定弄混了。"

"我想可能是这样,"马普尔小姐说,"你母亲去世后,你父亲先把你带到了英国,那时你就住在这幢房子——山腰别墅里。你告诉过我,你一进山腰别墅,就很有家的感觉。而你选的卧室,很可能就是你当年的儿童房……"

"那的确是一间儿童房,窗户上有栏杆。"

"你想一想,房间里的壁纸图案是色彩艳丽的矢车菊和罂粟花。孩子们对儿童房的墙壁记忆非常深刻。我至今记得我儿童房墙上的紫色鸢尾花,而从我三岁起那儿就换上了别的壁纸。"

"所以我立刻就想到了那些玩具、娃娃屋和玩具橱?"

"是啊,还有浴室。那个缸壁是桃花心木的浴缸,你告诉过我,你一看到它就想到要在里边放鸭子。"

格温达思忖着说:

"确实是,我好像瞬间就能知道什么东西在什么地方——比如厨房和放床单被褥的柜子,而且我一直认为有一扇门可以从客厅通到餐厅去。不过,如果说我来到英国,买下一幢房子,而它跟我很久以前住过的房子一模一样,这肯定是不可能的吧?"

"这也不是不可能,亲爱的。它只不过是一种非常不同寻常的巧合——其实不同寻常的巧合是有可能出现的。你的丈夫想买一幢南部海岸边的房子,于是你就去找,你路过了一幢能搅动你内心记忆的房子,它吸引住了你。这幢房子大小适宜,价钱也合理,所以你就买了下来。这并非全无可能。如果这房子只是所谓的（也许是对的）鬼屋，你的反应会很不一样，我想是这样的。但是，你没感觉到排斥和憎恶，你这么跟我说过，除了那个特别的时刻，你从楼梯上下来，俯视前厅的时候。"

恐惧的神色回到了格温达的眼睛里。

她说："你是说……那个……海伦……她她她也是真的？"

马普尔小姐柔声说："我想是这样的，亲爱的……咱们必须面对这个现实，如果别的事是真实的记忆，那么，那，也就是真实的记忆……"

"这么说我是真的看到过有人被杀……被掐死……横尸在那儿？"

"我猜你可能并不是清醒地确定她是被掐死的。只不过昨晚的戏剧有这样的暗示，而且她的样子符合你身为一个成年人的认知，即一张抽搐发青的面孔肯定意味着窒息。我认为，当一个年幼的孩子悄悄爬下楼梯时，确实有能力意识到暴力、死亡和罪恶，并把它们与一系列特定的词句联系起来。因此，我想，那些话的确是凶手说过的，这毋庸置疑。对一个孩子来说，这是非常严酷的震撼。孩子是奇特的小东西，如果受到特别严重的惊吓，尤其是受到他们无法理解的事物的惊吓，他们不会说出来，反而会把这段记忆封存起来。表面上看起来，也许，他们把那件事忘掉了，但记忆仍然顽固地隐藏在心灵深处。"

格温达深深吸了一口气。

"这么说，你认为发生在我身上的就是这么一回事了？可我现在怎么一丁点儿也记不起来了呢？"

"人的记忆不是按照先后顺序排列的。而且，通常的情况是，如果尝试按照先后顺序记忆，反而什么也记不住。但我认为有那么一两条线索表明这些事确实发生过。比如说，你刚才跟我说你昨天晚上在剧院里的遭遇时，你的描述很能说明问题。你说，你好像是'透过栏杆之间的空隙'往下看——但你知道，人们俯视门厅的时候，通常不会是透过栏杆之间的空隙去看，而是从栏杆上面看过去。只有小孩子才会透过栏杆之间的空隙去看。"

"你太聪明了。"格温达大为赞叹。

"这些细节非常有意义。"

"但是，谁是海伦呢？"格温达问，声音里充满了困惑不解。

"告诉我，亲爱的，你仍然那么肯定那就是海伦吗？"

"是啊……这非常奇怪，因为我不知道谁是'海伦'……但同时，我又知道……我的意思是说，我知道躺在那里的就是'海伦'……我要怎么做才能查出更多线索呢？"

"哦，我想，目前最显而易见的任务，就是查清你小时候是否来过英国，或者是否在英国住过。你的亲戚——"

格温达插口打断："艾莉森姨妈。她知道，肯定知道。"

"那就应该寄一封航空信给她，跟她说你这里出了点儿状况，亟须了解你是否在英国居住过。如果对方也寄航空信的话，你丈夫到这里的时候，很可能就能收到答复了。"

"感激不尽，马普尔小姐。你实在是太好了。我特别希望你的推测是真的，如果是这样，啊，一切就都没问题了。我是说，这里面就不存在什么超自然的事了。"

马普尔小姐微笑道："但愿事情的结果跟咱们想的一样。后天，我要去英国北部，陪陪几位老朋友。大概十天以后，我会在返程时经过伦敦。到那时，如果你丈夫已经到这儿跟你会合了，或者你已经收到了回信，我对这件事的结果非常好奇。"

"当然，亲爱的马普尔小姐！不管怎么说，我希望你能见见贾尔斯，他是个十全十美的小宝贝儿。咱们也可以一起研究研究这件事。"

现在,格温达的精神已经完全振作起来了。

然而,马普尔小姐却是一副若有所思的样子。

第五章　重新忆及的谋杀案

1

大概十天以后，马普尔小姐来到梅费尔的一间小旅店，受到了年轻的里德夫妇的热情接待。

"这是我丈夫，马普尔小姐。贾尔斯，马普尔小姐对我好得没话说。"

"很高兴见到你，马普尔小姐。我听说，最近格温达差点儿把自己吓得进了精神病院。"

马普尔小姐用那双温柔的蓝眼睛善意地打量着贾尔斯·里德。他是个讨人喜欢的年轻人，高大英俊，不时地眨眨眼，流露出一种天然的腼腆神态，很容易让人卸下心防。她还注意到他的下巴和下颌骨线条非常坚毅。

"我们到那间小等候室用点儿茶吧，那间暗的。"格温达说，"不会有人到那儿去的，咱们可以把艾莉森姨妈的信拿给马普尔小姐看看。"

马普尔小姐猛地抬头看了格温达一眼。格温达解释道："是的，回信来了，情况和你的推测几乎一模一样。"

用过了茶，他们展开那封航空信，读道：

最最亲爱的格温达，（丹比小姐这么写道）

  得知你遭遇了一些令人忧心的事，我非常不安。实话说，那段记忆已经从我的脑海里彻底溜走了，不过你小时候的确曾在英国住过一小段时间。

  你的母亲、我的妹妹梅根，在一次拜访中与你的父亲哈利迪少校结识，当时她是去探望我们的一些被派驻印度的朋友。在印度，他们结了婚，还生下了你。你出生以后大概两年，你母亲就去世了。她的去世对我们来说是很大的打击。我们给你父亲写了信（我们和他只有通信往来，从未见过面），恳请他把你交托给我们来照料，要知道能抚养你对我们来说是再高兴不过的事了，而他作为一位军人，想必也很难照顾好一个年幼的孩子。然而，你父亲拒绝了，并告诉我们他即将退役，带着你回英国。他还说希望我们有时间可以过去看他。

  我听说，在回家的航程中，你父亲遇到了一个年轻女人，他们俩订了婚，而且一回到英国就结婚了。我猜测这次婚姻并不幸福，因为听说他们一年以后就分开了。就在那个时候，你父亲给我们写了信，问我们是否还愿意给你一个家。我简直难以用语言表达，亲爱的，我们有多么乐意收养你。于是，一个英国保姆把你送到了我们这里，同时，你父亲把他的主要地产都记到了你的名下，并提议可以办理相关法律手续让你改我们的姓。这一点，应该说，让我们感觉有点儿奇怪，但我们也能感觉到这是出于好意，是为了让你真正成为我们家的新成员。不过，我们没有采纳这个建议。大约一年之后，你父亲在一家疗养院去世。我猜，他在把你送过来的时候可能就知道了自己的病情。

我恐怕没法告诉你，你和你父亲在英国的时候住在什么地方。他的来信上当然有那时的地址，但那是十八年前的事了，恐怕谁也记不住这么具体的细节。我认为是在英国南部，而且我觉得应该是迪尔茅斯。但我又有隐约的印象是达特茅斯，这两个地名不无相似之处。我确信你的继母后来再婚了，虽然你父亲在最初告诉我们他再婚消息的信中提过她的名字，但我记不起来了，她结婚之前的名字就更别提了。他这么快就再婚，我想，我们是有点儿不满的。但是，谁都知道呢？大家在船上挨得那么近，相互之间的影响是挺大的，而且也许他认为这对你来说也是一件好事。

虽然你已经不记得自己在英国住过了，但我没跟你提过这件事，看起来还是挺糊涂的。不过，如我所说，这整件事已经淡出了我的记忆。你母亲在印度的去世以及之后你来同我们一起生活，对我来说才是重点。

现在，希望这一切都说清楚了吧？

我确信贾尔斯很快就能和你团聚了。对你们俩来说，刚刚结婚就两地分居，是十分糟糕的事。

至于我的近况，会在下一封信里告诉你，这封信发出得比较匆忙，主要是回答你在电报中问及的问题。

           爱你的姨妈

           艾莉森·丹比

又及：不想谈谈你那令人担忧的遭遇到底是怎么回事吗？

"你看，"格温达说，"和你的推测几乎完全一致。"

马普尔小姐捋了捋那张薄薄的信纸，把它抚平。

"是啊，的确没错。我发现，最符合常识的解释通常才是正确的解释。"

"哦，实在太感谢你了，马普尔小姐，"贾尔斯说，"可怜的格温达彻底惊慌失措了。而且，我得说，一想到格温达可能有透视眼，或者患上了精神病，我就担心得不行。"

"这可能是主妇特有的易忧虑属性吧，"格温达说，"除非你的生活中完全没有任何瑕疵可担忧。"

"我就没什么可担忧的。"贾尔斯说道。

马普尔小姐问："那房子值得担心吗？你觉得那幢房子怎么样？"

"哦，没什么。我们明天过去。贾尔斯想看那房子想得要命。"

"我不知道你有没有意识到这一点，马普尔小姐，"贾尔斯说，"但重点在于，目前我们手中掌握了一桩一级谋杀案的秘密。事实上，它就发生在我家门前——说得更准确点儿，就发生在我家前厅里。"

"我已经考虑过这一点了，是的。"马普尔小姐缓缓地说。

"而且贾尔斯特别喜欢侦探故事。"格温达说。

"哦，我是说，这是个侦探故事。一个漂亮女人被掐死，横尸在前厅。除了她的教名，我们对其他事情一无所知。当然，我明白，这是将近二十年以前的事了。毕竟，经过了那么长的时间，不会再有任何线索留下。但我们至少可以找找看，想办法找出一些线索。哦！我敢说，要解开这个谜，没有谁能成功……"

"我想你会成功的，"马普尔小姐说，"即使事情已经过去了十八年。是的，我想你能做到。"

"不管怎么说，一次积极的尝试，总归不会有什么不好吧？"

贾尔斯没再继续说下去，只是笑眯眯的。

马普尔小姐不安地动了动，一脸沉重的表情，如临大敌。

"不，追究这件事有可能导致很严重的后果。"她说，"我建议你们俩……哦，是啊，我真的强烈建议你们俩……离这件事远远的。"

"离这件事远远的？这是藏在我们身边的神秘谋杀案！如果这真是谋杀案的话。"

"这就是谋杀案，我想。这正是为什么非要离得远远的。谋杀案可不是……真的不是……什么能轻轻松松解决的事。"

贾尔斯说："但是，马普尔小姐，要是每个人都这么想——"

她打断了他。

"哦，我明白。有些时候，人们有这个义务——如果无辜的人受到指控，各种各样的人都有嫌疑，而危险的凶犯四处流窜，随时可能再次作案。但你必须认识到，这桩谋杀案已经过去了太久太久。而且，说不定别人根本不知道发生过这么一桩谋杀案，否则，你早就应该从你的老花匠或其他人那儿听说了——毕竟，一桩谋杀案，不管过了多久都是新闻。但是你们并没有听说什么，所以那具尸体一定已经被想办法处理掉了，这整件事也从来没有引起过猜疑。你确定……你真的确定……把这一切重新挖掘开来，是明智的做法吗？"

"马普尔小姐，"格温达叫了一声，"听起来，你非常担心？"

"我是非常担心，亲爱的。你们两个都是亲切又可爱的年轻人——如果你们允许我这么说的话——你们新婚燕尔，幸福地生活在一起。不要，我请求你们，不要去碰触那些可能……嗯，可能……应该怎么说呢？可能打破你们的宁静生活，让你们陷入痛苦的事情。"

格温达定定地看着她:"你是在考虑某些特殊的情况……某些……你到底在暗示什么?"

"我没暗示什么,亲爱的。我只是劝你们——因为我活的时间长了点儿,知道人的本性是多么多么的令人不安——安于现状别多事,这是我的建议:安于现状别多事。"

"但这并不是多事。"贾尔斯的声音多了一种不同的意味,他的态度严肃起来,"山腰别墅是我们的房子,格温达和我的房子,而有人在里面被害,至少我是这么认为的。在我的房子里发现了谋杀案,却让我不闻不问置之不理,这我做不到,即便是十八年前的谋杀案也一样!"

马普尔小姐叹了口气。"对不起,"她说,"也许大多数血气方刚的年轻人都会这么想。我理解你们,甚至是佩服你们。但,我希望……哦,我非常希望……你们不要那么做。"

2

第二天,马普尔小姐又回家了的消息传遍了圣玛丽米德村。十一点整,有人在高街看见她。十一点五十,她到教区牧师家里拜访。下午,村里三个爱聊家长里短的妇人去看她,听她说首都的华丽景象。礼貌地客套了一番之后,她们就转而讨论起即将到来的战斗的细节问题——如何在节日聚会上争夺刺绣品摊位和茶棚的位置。

当天傍晚稍迟些的时候,人们看到马普尔小姐像平时一样出现在她的花园里,不过这一次,她主要是在除草,没怎么关注邻居的举动。简简单单的晚餐,她吃得心不在焉,小女仆伊芙林兴致勃勃地讲述当地药剂师的事,她也很难装出一副倾听的样子。

第二天,她还是心不在焉。有一两个人,包括教区牧师的妻子,开始议论起这件事。傍晚一到,马普尔小姐就说自己有点儿不舒服,上床睡觉了。第二天一早,她派人请来了海多克医生。

多年以来,海多克医生一直是马普尔小姐的医生和密友,总是支持她的想法。听她说了说自己的症状,又给她做了一下检查,医生坐回到椅子上,在她身上挪动着听诊器仔细听。

"虽说你看起来有点儿虚弱,"他说,"但那不过是表面现象,跟同龄的女士相比,你的身体非常健康。"

"我知道我的健康状况还不错,"马普尔小姐说,"但说实话,确实是有点儿疲劳过度的感觉……筋疲力尽了似的。"

"那是因为你老到处跑,在伦敦的时候也熬夜熬得太晚了。"

"那个,当然啦。我的确发现伦敦现如今是有点儿让人倦怠了,那里的空气像要把人榨干了似的,跟海边清新的空气完全不一样。"

"圣玛丽米德的空气就很好、很清新啊。"

"但这里老是潮乎乎的,又闷又湿。不那么,你知道,真正地令人神清气爽。"

海多克医生饶有兴致地看着她。

"我给你开点儿保健品吧。"他好心地说。

"谢谢你,医生。伊斯顿的糖浆一般都挺有效的。"

"别想代我开药方,女人。"

"我想问问能不能,也许,换换空气……"

马普尔小姐睁着真诚的蓝眼睛,用眼神询问着。

"可你刚刚在外面待了三个星期。"

"我知道。但你也说了,去伦敦对健康不利,又去了北方——一个工业生产区,可不像海边空气清新,让人神清气爽。"

海多克医生把东西收拾起来放回包里，然后转过身，笑了。

"说说你请我来的真实目的吧，"他说道，"只要告诉我你想要的是什么，我会照样重复一遍给你听的。你想要从我嘴里说出'你需要多呼吸海边空气'的专业医嘱……"

"我就知道你会理解我的。"马普尔小姐一脸感激地说。

"绝妙的东西啊，海边的空气。你最好立刻起程去伊斯特本，要不然你的健康状况有可能严重恶化。"

"伊斯特本，我想，那儿太冷了。南边……你明白吧？"

"那就去伯恩茅斯或者怀特岛。"

马普尔小姐冲他眨眨眼："我总觉得，小地方要令人心情舒畅得多。"

海多克医生重新坐了下来。

"我的好奇心被勾起来了。你想说的海边小镇，是什么地方呢？"

"好吧，我是想去迪尔茅斯。"

"那地方特别小，而且相当单调乏味。为什么是那里？"

有那么一小会儿，马普尔小姐沉默不语，眼中又浮现出忧虑的目光。她说："假如说，有那么一天，很偶然地，你发现了一些情况，它们似乎可以证明在很多年前——得有十九或二十年吧——发生过一起谋杀案。这些情况只有你一个人知道，没有任何类似的情况曾经引起过怀疑，也没有被报道过。你会怎么办？"

"这实际上是一桩被重新忆及的谋杀案？"

"就是这么回事。"

海多克沉思了一会儿。

"没有冤案？没有人被抓起来为这桩罪行结案？"

"就目前能看到的情况而言,没有。"

"哦,重新忆及的谋杀案,沉睡的谋杀案。好吧,我告诉你,我会让沉睡的谋杀案继续沉睡——那就是我会采取的行动。卷进谋杀案里很危险,非常非常危险。"

"这正是我担忧的问题。"

"有人说,凶手不会只作一次案。这个说法不对。有那么一种人,他犯下了案子,会想方设法地躲过惩罚,并且小心翼翼地弥补缺漏,再也不会铤而走险。我不是说他们以后就能幸福地生活下去,我相信不会的,会有各种各样的报应。但至少在表面上,一切都还好。或许,马德琳·史密斯案就是如此,莉兹·玻顿案也是如此。马德琳·史密斯案被判证据不足,莉兹则被判无罪,但很多人相信那两个女人其实是有罪的。我还可以给你列举出其他案例。他们不会再次作案——一次就足以让他们得到自己想要的东西,并因此心满意足了。不过,如果有什么危险威胁到他们呢?你说的那个凶手,不论他或她是什么人,我都认为是这种人。他犯下罪案,并且侥幸逃过了惩罚,没有引起任何人的怀疑。可是,设想一下,如果有人搜索查问,把这件事挖个底朝天,满大街地追查,最后,兴许就正中靶心了呢?你说的这个凶手会怎么办?眼看着追查的人步步紧逼,他会只是站在一边微笑着袖手旁观吗?不,只要这里面不涉及原则问题,要我说就别碰它。"

他把自己之前说的话又重复了一遍:"让沉睡的谋杀案继续沉睡。"然后语气坚定地补上一句,"这是我给你的指示,这整件事,不要去碰它。"

"但卷进这件事的不是我,是两个特别讨人喜欢的孩子。我跟你说说吧!"

她把事情说了一遍,海多克听着。

"非常离奇,"她讲完之后,他说了一句,"离奇的巧合。完全就是一桩离奇事件。我想你明白这意味着什么吧?"

"哦,当然。不过,我看他们还想不明白呢。"

"这意味着一大堆的不幸,他们会希望自己从来也没有插手过这件事。隐秘之事就该深埋。然而,你知道,我很明白年轻的贾尔斯的观点。该死的,我自己都没办法置之不理了。即使是现在,我都很好奇……"他猛地停住了,狠狠地瞪了马普尔小姐一眼。

"所以说,这就是你找借口要去迪尔茅斯做的事,卷入跟你毫无关系的事里去。"

"不不不,海多克。我只是担心那两个孩子。他们太年轻了,一点儿经验也没有,而且非常相信别人,过于轻信。我觉得我得到那里去照拂他们一下。"

"这就是你要去那里的原因?照拂他们!你就不能不管这桩谋杀案吗,女人!这可是被重新回忆起来的谋杀案!"

马普尔小姐优雅地微微一笑。

"不过,你的确认为在迪尔茅斯待上几周对我的健康有好处,不是吗?"

"我看更像是催命,"海多克医生说,"可你不听我的劝!"

3

马普尔小姐去拜访她的朋友班特里上校夫妇,在车道上就迎面遇见了上校,他手里拿着枪,脚边跟着西班牙猎犬。

班特里上校热情地迎接她:"见到你回来可真好。在伦敦过得怎么样?"

马普尔小姐说,她在伦敦过得很不错,外甥带她去看过几次演出。

"我敢打赌,准是既高雅又文艺的演出。不过我个人只爱看看音乐喜剧。"

马普尔小姐说,她看过一场俄罗斯戏剧,非常有意思,只是似乎有点儿长。

"俄罗斯戏剧!"班特里上校叫了一声。在疗养院的时候,有人给他看过一本陀思妥耶夫斯基的小说。

他赶紧跟马普尔小姐说,多莉正在花园里待着呢。

班特里夫人几乎总是在花园里。她热爱园艺,最喜欢读的书是球茎类植物总目,她的谈话中永远少不了各种报春花、球茎植物、开花的灌木和新奇的高山植物。马普尔小姐一眼望过去,看到她穿着退了色的粗花呢外套的壮实后背。

听到越来越近的脚步声,班特里夫人直起了腰,身体突然软了一下,关节嘎吱嘎吱地响——她的爱好导致她患上了风湿。她用沾满泥土的手擦了擦冒热汗的额头,然后去迎接她的朋友。

"我听人说你回来了,简。"她说,"我这些新栽的飞燕草不错吧?看见这边新栽的小龙胆草没有?一开始长得不太好,不过现在一切都没问题了。要是下点儿雨就好了,现在旱得太厉害。"她继续说,"埃丝特跟我说,你病倒了。"埃丝特是班特里夫人的厨娘,也是村里的大嘴巴。"看来这消息是假的,太棒了。"

"只是有点儿疲劳过度。"马普尔小姐说,"海多克医生说我需要呼吸呼吸海滨空气。我有点儿体力透支了。"

"哦,可是你现在走不开呀,"班特里夫人说,"一年当中,这花园里可就是现在这时候最好啦,你花园里的花肯定也马上就要开了。"

"海多克医生认为还是那样比较好。"

"嗯,海多克医生跟那些医生不一样,他没那么糊涂。"班特里夫人这话说得有点儿勉强。

"多莉,跟我聊聊你那个厨娘吧。"

"哪个?你想找个厨娘吗?你说的不是爱喝酒的那个女人吧?"

"不不不,我说的是面点做得很好的那个,她丈夫是个管家。"

"哦,你说的是那个素甲鱼①似的女人,"班特里夫人立刻想起来了,"说话声音哭咧咧的,总像马上就要哭出来了。她是个好厨娘,可她丈夫是个胖子,还特别懒,亚瑟老说他给威士忌里兑水。我可不知道。夫妻双方总得有一个比另一个差劲儿,挺可惜的。他们得了点儿遗产,是某位前东家给他们留的,所以辞工去南部海岸开家庭旅店了。"

"我说的就是她。他们去的是迪尔茅斯吗?"

"没错。迪尔茅斯海滨广场十四号。"

"我想那儿好像就是海多克医生建议我去的那个海岸……他们是姓桑德斯吗?"

"是的。这个主意太棒了,简,再好不过了。桑德斯太太会好好照顾你的,而且现在也不是旅游旺季,你去了他们不会不高兴的,收费也不会太高。吃点儿好的,再加上海边的空气,你很快就会好起来的。"

"谢谢你,多莉,"马普尔小姐说,"但愿如此。"

---

① 素甲鱼,《爱丽丝梦游仙境》中的角色,在故事中不停地哭,一直泪眼婆娑、抽抽噎噎。

第六章　侦探练习

1

"你觉得尸体在什么位置？这块地板？"贾尔斯问。

他和格温达站在山腰别墅的前厅，他们俩昨天晚上就回来了。贾尔斯现在兴奋极了，高兴得好像是个得到了新玩具的小男孩。

"差不多吧。"格温达说。她站在楼梯上往楼上退，用审视的目光一丝不苟地向下看。"是的……我想就在那里。"

"得蹲下吧，"贾尔斯说，"你那时只有三岁大，你知道。"

格温达顺从地蹲下身来。

"说那句话的男人，你并没有真正看到他，是吗？"

"我记得是没有。他站得肯定还要往后一点儿……对，在那儿。我能看到的只有他的爪子。"

"爪子？"贾尔斯皱起了眉头。

"就是爪子，灰色的爪子——不是人类的。"

"可是，听我说，格温达。这可不是《莫格街谋杀案》，人哪会有爪子呢。"

"嗯，他就有爪子。"

贾尔斯怀疑地看着她。

"这肯定是你后来想象出来的。"

格温达缓缓地说:"你有没有想过,有可能这整件事都是我想象出来的?你看,贾尔斯,我一直在想这件事。要说这整件事就是一场梦,我倒觉得可能性要大得多了。可能就是这样,小孩子会做这种梦,然后被吓坏了,从此就忘不掉了。真的,你不觉得这才是合理的解释吗?因为在迪尔茅斯,没有任何一个人有哪怕最模糊的印象,说这幢房子里发生过谋杀案,或是有谁突然死亡或失踪,或者任何其他奇怪的事。"

贾尔斯变了个样子,可还是像个孩子——一个被抢走了漂亮新玩具的小男孩。

"我想这有可能是一场噩梦。"他承认得很勉强,然后脸色又豁然开朗了。

"不对,"他说,"我才不信呢。你或许能梦见猴爪子和死尸,可要说你能梦见《马尔非公爵夫人》里的台词,打死我也不信!"

"说不定我是听谁说过这句台词,然后才梦到的。"

"我认为哪个孩子也做不到。除非是在一种受到极大精神压力的情况下听到的……如果是那样的话,我们就又绕回来了——等等,我想到了。爪子是你做梦梦见的,你看到了那具尸体,又听人说了那句台词,你被吓得全身僵硬,然后就做了个类似的噩梦,在梦里你看到了一对挥动着的猴爪子——可能你害怕猴子。"

格温达看起来有点儿将信将疑。她犹犹豫豫地说:"我猜也有这种可能吧……"

"我希望你能记起更多的情况……下来,到前厅这儿来。闭上眼睛,想一想……想不起什么更多的线索吗?"

"不,想不起来,贾尔斯……我越去想,那些记忆就跑得越远……我是说,我现在开始怀疑我其实是不是压根儿就什么也没看见过。说不定，那天晚上我只不过是在剧院里想太多了而已。"

"不，这些事是发生过的。马普尔小姐也这么想。那个'海伦'是怎么回事？你肯定对海伦有点儿印象吧？"

"一点儿印象也没有，我只知道这么一个名字。"

"甚至这名字也不一定记得准确。"

"不，这名字没记错，就是海伦。"格温达显得固执己见而又自信笃定。

"既然你这么肯定那就是海伦，那你肯定知道点儿她的情况。"贾尔斯说得很有道理，"你跟她熟吗？她以前在这儿住吗？还是只在这里待过一阵子？"

"都跟你说了，我不知道！"格温达开始显得不太高兴，她有点儿精神紧张。

贾尔斯换了个问法。

"你还记得谁？你父亲？"

"不。我的意思是，我说不上来。我能看到他的照片，你知道。艾莉森姨妈老说：'那是你爸爸。'我不记得他在这儿待过，在这幢房子里……"

"那，没有仆人……保姆……其他这类的人吗？"

"不……不。我越试着去回忆，记忆里就越是一片空白。我知道的事全都是潜意识里的——比如我下意识地往那个门里走，可我不记得那里有门。如果你不这么着急地催我，贾尔斯，说不定记忆就都回来了。无论如何，要弄清楚这所有的一切，恐怕希望不大，时间太长了。"

"当然是有希望的——就连那么大岁数的马普尔小姐都承认这一点。"

"可她没提出任何能解决问题的建议。"格温达说，"不过，她的目光有点儿闪烁，我觉得她是有想法的。我挺想知道她会怎么做。"

"我认为咱们想不到的事，她也想不到。"贾尔斯乐观地说，"别再瞎猜了，格温达，来系统地梳理一下。咱们已经开了个头——我查过教区的死亡人口记录，叫'海伦'的人里没有年龄接近的。事实上，我查过的那段时期，就不像是有过这么个海伦。埃伦·帕格，九十四岁，是最靠谱的了。现在咱们得想想下一步应该怎么做。如果你父亲，和假设是你的继母，住在这幢房子里，他们肯定要么是买下了这房子，要么租下了它。"

"福斯特——那个花匠，他说，亨格雷夫一家住进来之前，这房子的主人姓埃尔沃西，再之前是芬德孙夫人。没有其他人了。"

"也许你父亲买下来之后只住了很短的一段时间，然后就又卖掉了。不过，我还是认为这房子更可能是他租的——大约是带家具一起租的。如果是这样，我们最好的选择就是去问问房屋经纪公司。"

走访房屋经纪人并不费力。迪尔茅斯只有两家房屋经纪公司。相较而言，威尔金森氏经纪公司是个后来者，开业才十一年。他们主要代理镇子边缘地带的小平房和新盖的房子。另一家是加尔布雷斯和彭德利经纪公司，格温达就是通过这家公司买了这幢房子。上门以后，贾尔斯就一股脑儿地把他们的事和盘托出：总的来说，他和他的妻子很喜欢山腰别墅，也很喜欢迪尔茅斯。他的妻子刚刚发现她很小的时候在迪尔茅斯住过，对于这块地方，她只残留了一点儿非常模糊的记忆，她觉得山腰别墅就是她以前住过的房子，但不是特别肯定。公司是否保留着曾将这幢房子租给一位哈利迪少校的记录？这大概是十八或十九年前的事了……

彭德利先生抱歉地摊了摊手。

"我恐怕没法告诉你,里德先生。我们的记录保存不了那么久——不,没有带家具出租或短租的记录。非常抱歉我无能为力,里德先生。说起来,要是我们原来的首席业务员纳拉科特先生还活着——他去年冬天过世了——或许还能帮上忙。他的记忆力很出色,真的特别出色,而且他在公司工作了近三十年。"

"再没有别人有可能会记得了吗?"

"我们的业务员都比较年轻。当然,还有加尔布雷斯老先生本人,他前几年就退休了。"

"也许我可以去问问他?"格温达说。

"哦,我可不知道他……"彭德利先生犹疑不定地说,"他去年中风了,很不幸,他的身体机能都受到了损伤。何况他都八十多了,你明白吧。"

"他住在迪尔茅斯吗?"

"嗯,是的。他住在加尔各答精舍,西顿路上的一座非常漂亮的小房子。但我真的认为他没法……"

2

"希望真是相当渺茫啊,"贾尔斯跟格温达说,"但这事谁也说不准。咱们别写信了,直接过去拜访,发挥一下咱们俩的人格魅力。"

加尔各答精舍外面有一座精心打理的花园,主人招待他们的客厅也干干净净,只是稍显窄小。空气中弥散着蜂蜡和电镀液的气味,客厅里的铜器闪闪发亮,窗户上挂着些装饰带。

一个身材纤瘦的中年女性走进屋里,目光中满是戒备。

贾尔斯连忙说明来意,加尔布雷斯小姐的脸上那种敷衍吸尘器推销员的表情消失了。

"很遗憾,可我的确帮不上忙。"她说,"这件事实在太久了。"

"人们有时候还是能记住一些事的。"格温达说。

"当然,我什么也不知道,我从来也没做过经纪人的业务。你说的是一位叫哈利迪的少校?不,我记得到迪尔茅斯来过的人里没有谁叫这个名字。"

"你父亲或许记得,说不定呢。"格温达说。

"父亲?"加尔布雷斯小姐摇摇头,"他现在的注意力已经非常不集中了,以前的事也忘得厉害。"

格温达思索着看向一张贝拿勒斯铜桌,然后又看了看壁炉架上摆的一组乌木大象。

"我想,他说不定能记得。"她说,"因为我的父亲当时刚从印度回来。你们的房子叫加尔各答精舍吧?"

她略有迟疑,停顿了一下。

"是的,"加尔布雷斯小姐说,"父亲出国到加尔各答待过一阵子,在那边做生意。然后大战就爆发了。一九二〇年他加入了这家公司,但他总说想回去。可我母亲并不喜欢国外——当然也不是说那种气氛就对她的健康不利。嗯,我也说不上来……你愿意见见我父亲吗?我不知道,那大概是他最好的一段时光了。"

她带他们去了一间阴暗的小书房。书房里,一位留着海象须似的八字胡的老先生坐在挺大一张磨损了的旧皮椅上,髭须已经雪白了,脸稍微有点儿歪。他的女儿做了介绍之后,他看向格温达,眼神清晰地表达出他愿意跟他们聊聊。

"记性不比从前啦,"他含混不清地说,"你是说哈利迪吗?

不，我不记得这个名字。倒是有一个在约克郡上学的男孩……可都是七十多年前的事了。"

"他租了山腰别墅？"贾尔斯说。

"山腰别墅？那时候也叫山腰别墅吗？"加尔布雷斯先生还能活动的那只眼睑快速地开开合合，"芬德孙住在那里。她可是个好女人。"

"可能我父亲是连家具一起租下来的——那会儿他刚从印度回来。"

"你是说印度吗？印度？我想起了一个家伙……是个军人。我还认识一个老浑蛋穆罕默德·哈桑，骗走了我好几条地毯。那人的妻子挺年轻的……还有个小婴儿……是个小女孩。"

"那就是我。"格温达肯定地说。

"的确……是……不可能吧！唉，唉，时光飞逝啊。现在说说，他叫什么名字？想要一个带家具出租的房子……是啊……有人让芬德孙夫人到埃及还是什么地方去过冬了……净是些傻事。现在说说，他叫什么名字？"

"哈利迪。"格温达说。

"那就对了，亲爱的……哈利迪，哈利迪少校。可爱的家伙。非常漂亮的妻子……相当年轻……一头金发，想跟她的亲人住得近点儿什么的。是啊，非常漂亮。"

"谁是她的亲人？"

"那就不知道了。没印象。你长得可不像她。"

格温达一句"她只是我的继母"几乎就要脱口而出了，但为了不使问题复杂化，她克制住了这种冲动，问道："她长得什么样？"

没想到加尔布雷斯先生答道："看起来很焦虑。那就是她看起来的模样——焦虑。是的，非常可爱的小伙子，那个少校。听说我去加尔各答就很感兴趣，不像那些从没出过英国的小伙子——狭隘。可我见识过整个世界。他叫什么名字，那个军人小伙子……想租个带家具的房子？"

他就像一架老掉牙的留声机，没完没了地重复播放磨穿了的唱片。

"圣凯瑟琳别墅，就是它。租下了圣凯瑟琳别墅……六个几尼一周……那时候芬德孙夫人在埃及，死在那儿啦，可怜的灵魂啊。房子就被拍卖了……谁买走了呢？埃尔沃西一家……没错……一帮女人……都是姐妹。就给改了名字了……说圣凯瑟琳别墅是个罗马天主教的名字。她们对一切跟罗马天主教有关的东西都特别抵触。老是发传单。全是些无趣的女人……对那帮黑鬼感兴趣……给他们发裤子和《圣经》。教化异教徒的信念特别强烈。"

他突然叹了一口气，重重地倒回椅子里。

"太久以前的事，"他烦躁地说，"我记不清名字了。从印度来的小伙子……可爱的小伙子……我累了，格拉迪斯，我想喝茶了。"

贾尔斯和格温达对他道了谢，又对他的女儿也道了谢，然后离开了。

"所以，这一点已经证实了，"格温达说，"我的父亲和我以前在山腰别墅住过。下一步咱们做点儿什么？"

"我真是个白痴！"贾尔斯说，"萨默赛特事务所啊！"

"萨默赛特事务所是什么地方？"格温达问。

"是登记办公室，在那儿可以查到婚姻记录。我马上去查你父亲的婚姻记录。你姨妈说，你父亲一到英国立即就跟他的第二个妻子结了婚。你没明白吗，格温达……咱们早该想到的……如果说'海伦'是你继母的亲戚，那是完全合情合理的……说不定是她妹妹。无论如何，只要咱们查到了她姓什么，兴许就能找到对山腰别墅的总体情况了解得比较清楚的人。记得吗，那个老头儿说，他们想在迪尔茅斯找一幢离哈利迪夫人的亲人近一点儿的房子。如果说她的亲人就住在这附近，咱们就有线索了。"

"贾尔斯，"格温达说，"我觉得你太了不起了！"

3

最后，贾尔斯发现没必要去伦敦了。他天生精力旺盛，总是冲到这儿又跑到那儿，试图每件事都亲力亲为。不过，他也得承认，这么一件纯公事的查询，完全可以托别人去办。

他给自己的办公室打了个长途电话。

"到手了。"收到期待已久的回信，他兴奋得嚷了起来。

他从信封里取出了一份结婚证书的证明副本。

"在这儿，格温达。星期五，八月七日，肯辛顿登记处。凯尔文·詹姆斯·哈利迪与海伦·施彭洛夫·肯尼迪结婚。"

格温达厉声尖叫：

"海伦？"

他们俩面面相觑。

贾尔斯结结巴巴地说：

"可是……可是……不可能是她啊。我是说……他们离婚了，她又再婚了……而且离开这儿了。"

"我们不知道,"格温达说,"她是不是真的走了……"
她又看了一眼那写得明明白白的手写体姓名:
海伦·施彭洛夫·肯尼迪。
海伦……

第七章　肯尼迪医生

1

几天以后,格温达顶着凛冽的风走在滨海大道上。突然,她在一个玻璃顶棚旁边停住了脚步,那是一家体贴周到的公司为访客准备的。

"马普尔小姐?"她诧异地叫了一声。

的确是马普尔小姐,她裹着一件厚毛呢外套,头巾包得严严实实。

"发现我在这儿,很惊讶吧?"马普尔小姐愉快地说,"我的医生嘱咐我去海边换换环境,你对迪尔茅斯的描述又太吸引人了,所以我就决定到这儿来了——尤其是,我一个朋友的厨娘跟管家还在这边开了家庭旅馆。"

"可你怎么不来看我们呢?"格温达问。

"老年人可是容易讨人嫌的呀,亲爱的。新婚小夫妻就该享受二人世界才对。"她对格温达的抗议报以微笑,"我相信你们会让我宾至如归的。你们俩挺好吧?你们的秘密调查进展如何?"

"我们抓住了一条线索。"格温达说着在她身旁坐了下来。

她把他们目前进行的各种调查仔仔细细地跟马普尔小姐说了。

"现在,"最后,她说,"我们在很多很多报纸上都登了广告——地方报纸、《泰晤士报》还有其他大型日报。我们只是说，关于海伦·施彭洛夫·哈利迪，娘家姓肯尼迪，如果有人了解任何情况，请联系某人什么的。我可以认为我们肯定能得到一些回音的，不是吗？"

"我觉得可以，亲爱的……是啊，我也觉得可以。"马普尔小姐的声音一如既往地平静自若，但她的眼中已经有了困扰的神色。她飞快地打量了一下坐在身边的女孩。女孩的声音貌似坚定不移，但实则听起来有些发虚。马普尔小姐觉得，格温达似乎很焦虑。海多克医生所说的，这件事背后"意味着"的那些事，也许已经在她身上初露端倪了。是的，然而现在回头已经太晚了……

马普尔小姐柔声表达着歉意："我对这一切真是太感兴趣了。你知道，我的生活中极少有刺激的事发生。所以我想请你多跟我说说你们的进展，希望你不会嫌我太问东问西了。"

"当然，我们会让你知道的。"格温达热情地说。"你可以参与每一件事。嘿，要不是你，我准得让医生把我关到疯人院里去。告诉我你在这儿的地址吧，以后你可得过来喝一杯——我是说，跟我们喝喝茶，看看我们的房子。你得到犯罪现场来看看，是不是？"

她大笑起来，笑声中却藏着隐隐的紧张不安。

格温达离开以后，马普尔小姐皱起眉头，轻轻地摇了摇头。

贾尔斯和格温达每天都迫不及待地查看信件。一开始，希望落空了，他们只收到了两封信，都是私家侦探发来的，声称自己有意愿且有能力为他们承担调查工作。

"先不用看这些,"贾尔斯说,"要是咱们非得委托私家侦探去查,也得找一流的公司才行,不能用这种发邮件招揽客源的。不过,我真不觉得有什么事是他们能做到而咱们自己做不到的。"

几天之后,他的乐观(也许是自满)就被证明了并非盲目自大。有一封信寄到了,信上是那种字迹清晰但稍难辨认的手写体,可见写信者是一位职业人士。

> 高尔斯山别墅
> 伍德雷波尔顿
>
> 亲爱的先生,
>
> 为你在《泰晤士报》上刊登的广告做一答复。海伦·施彭洛夫·肯尼迪是我的妹妹。我与她失去联系多年,非常希望得知她的近况。
>
> 你忠实的,
> 詹姆斯·肯尼迪,医学博士

"伍德雷波尔顿,"贾尔斯说,"不是很远。伍德雷营地是大家常去野餐的地方,一直延伸到高沼地那边,离这儿大概有三十英里。咱们给他写信问问吧,看是要咱们登门拜访,还是他愿意来找咱们。"

肯尼迪医生答复说,他准备在下星期三接待他们。到了那天,贾尔斯和格温达动身了。

伍德雷波尔顿是一座村庄,散布在山的一侧。高尔斯山别墅建在隆起的山巅上,是最高处的房子,可以俯视伍德雷营地和延伸至大海的旷野。

"这地方真冷啊。"格温达说着打了个寒战。

房子里很冷,显然,肯尼迪医生对于中央供暖这类现代新事物持排斥态度。来开门的女人肤色黝黑、面容冷峻。她带着他们穿过空荡荡的大厅,步入书房,肯尼迪医生就在这里接待他们。书房呈长条状,挑高也相当高,陈列着一列一列堆得满满的书架。

肯尼迪医生是一位灰头发的老人,眉毛浓密,眼神锐利。他那锐利的目光打量了一下贾尔斯,又打量了一下格温达。

"里德先生和夫人吗?坐这里,里德夫人,这把椅子应该是最舒服的。现在,说说吧,这一切是怎么回事?"

贾尔斯流利地讲起了他们预先商量好的故事。

他和他妻子是最近在新西兰结的婚,后来到了英国,他的妻子童年时曾在这里小住过。现在,她想找找家族的老朋友和老熟人。

肯尼迪医生的态度僵硬冷漠。他维持着表面的礼貌,但很明显,从殖民地来的人非要跟他攀什么莫名其妙的亲戚关系,让他颇为恼怒。

"所以你认为我妹妹——我同父异母的妹妹——可能还包括我自己,是你们的熟人?"他这么问格温达,虽然彬彬有礼,但略带敌意。

"她是我的继母,"格温达说,"我父亲的第二任妻子。当然,我对她没什么特别深的印象了,那时候我太小了。我娘家姓哈利迪。"

他盯着她看——然后,一抹微笑点亮了他的面容。他简直变成了另一个人,一点儿也不冷漠了。

"天哪！"他说，"别跟我说你是格温妮！"

格温达急切地点头，她的小名，已经淡忘了许久，此刻重新在耳边响起，让人感觉既安心，又亲切。

"是呀，"她说，"我是格温妮。"

"上帝保佑！你都长大成家了。时光飞逝！这得有……怎么着……十五年……不对，当然，还要久得多了。你可不记得我了吧，我猜？"

格温达摇了摇头。

"连我父亲都记不得了。我是说，所有的记忆都模糊了。"

"当然……哈利迪的第一任妻子是新西兰人……我记得他是这么告诉我的。那是个不错的国家，我觉得是。"

"是世界上最可爱的国家——不过我也非常喜欢英国。"

"你们是过来旅游，还是定居？"他边说边按响了铃，"咱们一定得喝杯茶。"

那个高个子女人进来以后，他说："请端茶过来……还有……呃……热黄油吐司，或者……或者蛋糕，别的也行。"

一本正经的女管家虽然看起来有点儿刻薄，不过，她说了声"是，先生"便出去了。

"我平时不爱喝茶，"肯尼迪医生含含糊糊地说，"不过我得为你们接风。"

"你太客气了，"格温达说，"不用麻烦了，我们来这儿不是为了旅游，我们已经买好了房子。"她顿了顿，补充道，"山腰别墅。"

肯尼迪医生的声音还是很含糊："哦，是啊，在迪尔茅斯，你们的信就是从那边寄来的。"

"这真是最不可思议的巧合，"格温达说，"不是吗，贾尔斯？"

"是可以这么说，"贾尔斯说，"的确相当出人意料。"

"你看，当时那幢房子正在出售。"格温达说道，见肯尼迪医生面上露出不知所云的表情，她补充了一句，"就是很久以前我住过的房子。"

肯尼迪医生皱起了眉头："山腰别墅？可是确实……哦，对了，我听说他们给改过名字。以前是叫圣什么的……如果我想得没错的话……在利翰普顿路的右手边，往南走可以进城？"

"没错。"

"那就是了。真有意思，名字就是容易忘。等等，圣凯瑟琳别墅——它以前的名字就是这个。"

"我确实在那里住过，是吗？"格温达说。

"是的，你当然住过。"他看着格温达，笑了，"你为什么要回到那里去？你对那里并没有太多记忆了，是吧？"

"是啊，可不知怎么的……就觉得它是家。"

"觉得它是家。"医生重复了一遍。他说话时语气平静，但贾尔斯偏偏觉得他是想到了什么。

"所以，你看，"格温达说，"我希望你能把一切都告诉我……关于我父亲和海伦的事，以及……"她说得犹犹豫豫的，"以及每一件事……"

他看着她，思虑重重。

"我猜他们之间并不怎么熟悉……在新西兰的时候。他们没理由会特别熟悉吧？哦，其实也没太多可说的。海伦——我妹妹——从印度回来的时候和你父亲坐的是同一艘船。他当时是个带着小女孩的单亲爸爸，海伦也许是可怜他，也许是爱上了他。而他孤身一人，也许就爱上了她。很难说那时候到底发生了什么事。他们俩一到伦敦就结婚了,并且到迪尔茅斯来找我。我当时在那里行医。凯尔文·哈利迪是个漂亮的小伙子,但很是焦虑颓唐,不过看起来他们在一起生活得挺幸福的——在那个时候。"

他沉默了一会儿才继续说道:"然而,不到一年以后,她就和别人私奔了。你大概知道这件事吧?"

"她是和谁私奔的?"格温达问。

他用锐利如刀的目光盯住她。

"她没告诉我。"他说,"她并不信任我。我看到过——无意中看到过——她和凯尔文发生过矛盾。我不知道是为了什么。我是那种古板保守的人,我认为夫妻之间必须忠诚。海伦不会希望我知道她在做什么。我听到过一些传闻——就一个——不过没说到具体人名。经常会有从伦敦或外地来的客人住在他们家。我想可能是他们中的某个人。"

"那么,他们俩没离婚吗?"

"海伦不想离婚。凯尔文跟我说过。所以我猜,也不一定正确,对方可能是个有妇之夫,也许那人的妻子是个罗马天主教徒①。"

"那我父亲呢?"

"他也不想离婚。"肯尼迪医生的回答非常简洁。

"跟我谈谈我父亲吧,"格温达问,"他怎么就突然决定要把我送去新西兰呢?"

肯尼迪停顿了一会儿才回答说:"我猜是你母亲在那边的亲人向他施压了。第二次婚姻破裂之后,也许他认为这是最好的选择。"

---

①罗马天主教徒认为离婚是违反教义的行为。

"那他为什么不亲自送我过去呢?"

肯尼迪医生在壁炉架上看来看去,踅摸着烟斗通条,表情晦暗不明。

"唉,我也说不上来……他的身体非常不好。"

"他的身体是怎么回事?他是得什么病去世的?"

门开了,女管家冷着脸走进来,手里端着重重的托盘,上面摆着奶油吐司和果酱,没有蛋糕。肯尼迪医生冲格温达略微做了个手势,示意她倒茶。她照办了。她把茶杯都倒满了,每个人一杯,然后给自己拿了一片奶油吐司。肯尼迪医生强打精神,笑着说:"跟我说说吧,你的房子装修得怎么样了?我猜我现在肯定都认不出来了——等你们装修完以后。"

"我们对浴室做了点儿小改动。"贾尔斯说。

格温达盯着医生问:"我父亲是得什么病去世的?"

"我确实不知道,亲爱的。我说过,有一段时间他的身体非常不好,最后住进了一家疗养院——在东海岸。两年以后,他就去世了。"

"那家疗养院具体在哪儿?"

"对不起,我现在记不起来了。我说过,我的印象里是在东海岸。"

这会儿,他明显是在回避什么,贾尔斯和格温达对视一眼。

贾尔斯说:"最起码,先生,你可以告诉我们他葬在哪里吧?格温达——自然是——非常急切地想去扫墓。"

肯尼迪医生在壁炉前弯着腰,用削笔刀挖着烟斗锅子。

"你明白吗?"他含含糊糊地说,"我认为不应该过分沉溺于过去的事。这种祖先祭拜……是个错误。未来才是最重要的。看看你俩,年纪轻轻、健健康康的,你们面前有整个世界。多向前看。从现实的角度来看，在某个你们都不太认识的人的墓前放上一束花，其实没有什么意义。"

格温达激烈反对："我就是要看看我父亲的墓！"

"那我恐怕就帮不上你的忙了。"肯尼迪医生说话的语气轻松而冷淡，"时间太长了，我的记忆力也不比从前。你父亲离开迪尔茅斯以后，我们就没再联系过。我记得他在疗养院的时候给我写过一次信。我说过，我有印象那是在东海岸——不过即使对这一点我也不是十分确定。而且，我完全不知道他葬在什么地方。"

"真奇怪。"贾尔斯说。

"有什么可奇怪的？你要明白，我们之间的纽带只有海伦。我一直特别喜爱海伦。她是我同父异母的妹妹，比我小很多，我竭尽全力抚养她长大，送她上好学校，给她应有的一切。但无法否认，海伦……嗯，她的性格太不庄重了。她还很年轻的时候，就曾经跟一个不良青年发生过纠葛。我帮她摆脱了这场麻烦。然后她就决定去印度，跟沃尔特·费恩结婚。哦，这桩婚事还行，那孩子不错，他父亲是迪尔茅斯最好的律师，但说实话，他这个人特别单调乏味。他很爱慕她，可是她一点儿都看不上他。不过，她改变了主意，去了印度打算跟他结婚。然而，他们俩再次见面以后，这桩婚事还是告吹了。她拍电报给我，跟我要回家的路费，我就给她寄了钱。她在回来的路上遇到了凯尔文，没等我知道，就嫁给了他。我替我妹妹感到——可以说是——愧疚。所以，她走了以后，我和凯尔文就没再维持这种亲属关系。"他突然补充了一句，"海伦现在在哪儿？你们能告诉我吗？我希望能联系上她。"

"我们不知道，"格温达说，"我们什么也不知道。"

"哦，看了你们的广告我想……"他看着他们，眼神里突然有了好奇,"告诉我,你们为什么要登广告?"

格温达说:"我们想联系……"她住了嘴。

"联系一个你几乎不记得的人?"肯尼迪医生质疑。

格温达赶紧说:"我是想……如果我能联系上她……也许她会告诉我……我父亲的事。"

"是的……是的……我明白。抱歉我帮不上什么忙。记忆力大不如前,而且那是太久以前的事了。"

"可至少,"贾尔斯说,"你知道那是家什么疗养院吧?结核病疗养院?"

肯尼迪医生突然又板起了脸:"是……是的,我很确定。"

"这么一来,我们的调查应该就容易得多了。"贾尔斯说,"非常感谢,先生,谢谢你告诉我们这一切。"

他站起身来,格温达也跟着站了起来。

"非常感谢,"她说,"一定要来山腰别墅看我们。"

他们走出书房,格温达回头看了一眼,肯尼迪医生站在壁炉架旁边,揪扯着花白的八字胡,面色凝重。

"他知道些什么,可他不告诉咱们,"他们坐进汽车时,格温达说了一句,"这里面的事……哦,贾尔斯!我希望……我现在希望咱们从来没有开始调查这件事……"

他们对视一眼,并不知道各自的脑海里已经涌起了同样的恐惧。

"马普尔小姐是对的,"格温达说,"我们应该离这些过去的事远远的。"

"我们没必要再继续下去了,"贾尔斯犹犹豫豫地说,"我想,也许,格温达,亲爱的,我们最好停手。"

格温达摇了摇头。

"不，贾尔斯，我们现在不能停手。我们应该始终保持好奇心和想象力。不，就得继续下去……肯尼迪医生不告诉我们，是出于一片好意——可这样的好意并没有什么好处。我们必须继续追查，找出真相。即使……即使……我父亲就是那个……"她说不下去了。

第八章　凯尔文·哈利迪的幻觉

第二天早上，贾尔斯和格温达正在花园里，科克尔太太走过来，说："打扰一下，先生。有一位肯尼迪医生来电话了。"

格温达留下来继续和老福斯特商量怎么布置花园，贾尔斯走进屋里，拿起电话听筒。

"我是贾尔斯·里德。"

"我是肯尼迪医生。我一直在考虑我们昨天的谈话，里德先生。有一些情况，我想也许应该让你和你夫人知道。如果我下午去你家，你们在家吗？"

"当然，我们在。你什么时候过来？"

"三点？"

"我们这边没问题。"

在花园里，老福斯特跟格温达说："是以前住在西克利夫的那位肯尼迪医生吗？"

"我想是他。你认识他吗？"

"他算得上是这里最好的医生了……仅次于拉曾比医生。拉曾比医生老说笑话，或者哈哈大笑地逗人乐。肯尼迪医生就不行了，他有点儿乏味……不过他的医术不错。"

"他停止行医是在什么时候？"

"有挺长时间了，至少有十五年了。他身体不行了，他们都这么说。"

贾尔斯从落地窗那边走过来，格温达还没问，他就回答了她的问题："他下午过来。"

"哦。"她再次转过来问福斯特，"你认识肯尼迪医生的妹妹吗？"

"妹妹？不认识，不过我记得这么个人。那时候她只是个小姑娘，先是出去上学，然后又出了国。我听说她结婚以后回来待过一阵子，可我相信她是跟别的小伙子私奔了……她性子很野，他们说。我没亲眼见过她，也不认识她。那会儿，我在普利茅斯工作了一段时间，你知道。"

走到露台尽头的时候，格温达对贾尔斯说："他来干什么？"

"等到三点就知道了。"

肯尼迪医生如期而至。他在客厅里四处看了看，说："又到这里来了，感觉有点儿怪。"

然后，他直奔主题："我想，你们俩已经下定决心了？真的要去调查清楚凯尔文·哈利迪死在哪家疗养院，了解一切你们能查到的有关他生病和去世的细节？"

"绝对要查。"格温达说。

"哦，你要做到这些其实相当容易，当然。所以，我的结论是，如果是从我这儿了解到实情，你们受到的打击可能会小一点儿。很遗憾，我不得不告诉你们，这消息无论对你们还是对其他任何人都没什么好处，而且很可能让你，格温妮，陷入巨大的痛苦。但事实如此，你的父亲得的不是肺结核，你们想问的那家疗养院是一家精神病院。"

"精神病院？这么说，他精神失常了？"格温达的脸色一下变得惨白。

"没有确诊。而且我的观点是,如果从这个术语的公认词意来说,他不是一位精神病患者。极大的紧张情绪使他的精神崩溃了,他陷入了某种惑人的幻觉。出于他自己的愿望、意志和努力,他住进了一家疗养院,当然,只要他愿意,随时都可以离开。然而,他的情况没有改善,最后死在了那里。"

"惑人的幻觉?"贾尔斯用疑问的语气重复了一遍,"是哪种幻觉?"

肯尼迪医生冷冷地说:"他一直认为他掐死了自己的妻子。"

格温达压抑地叫了一声。贾尔斯赶紧伸过手来攥紧了她冰凉的手。

贾尔斯说:"那么……那么他有没有那么做呢?"

"呃?"肯尼迪医生盯着他,"不,当然没有。这种事情毋庸置疑。"

"可是……可是你怎么会知道呢?"格温达的语气不怎么肯定。

"亲爱的孩子!这种事情是绝对不会有什么疑问的。海伦为了别的男人离开了他。他有时候情绪很不稳定,做紧张不安的梦,有病态的幻想,而这最后的打击把他推到了崩溃的边缘。我不是心理学家。对于这类事情他们有合理的解释。如果一个男人宁愿他的妻子死去也不愿意她不忠的话,他就会想办法让自己相信她是死了……甚至是他亲手杀了她。"

贾尔斯和格温达小心翼翼地对了一下眼色,目光中充满了警觉。

贾尔斯平静地说:"所以,你非常确定,关于他声称自己做过的事,他并没有真的做过?"

"嗯,非常确定。海伦给我寄过两封信。第一封是在她走后一周左右从法国寄来的，另一封是大约六个月以后来的。哦不，这件事纯纯粹粹、完完全全是他的幻觉。"

格温达深深地吸了一口气。

"求你了，"她说，"你愿意把所有这些事情都告诉我吗？"

"我会把我知道的每一件事都告诉你，亲爱的。首先，我要告诉你，有一段时间，凯尔文陷入了一种相当怪异的精神异常状态。他为此来找过我，说自己老做形形色色的怪梦，而这些梦，他说，都是相似的，也都有相同的结局——他掐死海伦。我尝试寻找他出问题的根源——我想，在幼年时期，他身边肯定发生过一些冲突，很显然，他的父母在一起过得并不幸福……哦，这个我就不细说了，除了医生，谁也不会对那些事感兴趣。其实，我曾经建议凯尔文去看精神科医生，有那么几位一流的大夫，可他不听劝，认为那么做一点儿用也没有。

"我认为，他和海伦在一起的日子过得并不舒心，可他从来也不说，我也不喜欢多问。整件事情是这么开始的，一天傍晚，他走进我家——那是一个星期五，我记得，当时我刚从医院回来，就发现他在诊室里等着我，他已经等了大概有一刻钟。我一进屋，他就把头抬起来，看着我说：'我杀了海伦。'

"那一瞬间我脑海里一片空白，他看起来是那么冷静，那么认真。我说：'你是说……你又做梦了？'他说：'这次不是梦，是真的。她横倒在那儿，被掐死了，是我掐死了她。'

"然后他说——态度既冷静又理智：'你最好和我一起回家，这样你就可以从那边报警了。'我那时脑海里还是一片空白，什么也抓不住。我把车重新开出来，往这里开。房子里悄无声息，一片黑暗。我们上了楼，往卧室走去——"

格温达打断了他："卧室？"她的语气诧异不已。

肯尼迪医生看起来有点儿惊讶。

"是的，没错，就是那里。当然了，我们过去的时候，屋里什么也没有！床上没有女尸横陈，也没有任何混乱的痕迹——甚至连床单也是平平整整的。整件事就是幻觉。"

"可是我父亲怎么说呢？"

"哦，他还是坚持自己的说法，当然，他是真的相信。我说服他服了镇静剂，又把他弄到更衣室的床上躺下。然后，我仔仔细细地查看了一圈，在客厅的废纸篓里找到了一个纸团，是海伦留下的字条，上面的字迹很清晰。她写下的内容差不多是这样的：'再见了。我很抱歉……可我们的婚姻从一开始就是个错误。我走了，跟着我唯一爱过的男人。如果可能的话，原谅我吧。海伦。'

"很明显，凯尔文回到家，看到了她的字条。然后，他上了楼，脑海中一片混乱，最后过来跟我说，他杀了海伦。

"之后，我问了女仆。当晚她外出了，回来得很晚。我带她进了海伦的房间，她检查了海伦的衣物。事情明摆着，海伦收拾好了一个箱子和一个包，随身带走了。我搜查了整幢房子，可是没有发现任何异常——当然更没有被掐死的女人了。

"第二天早上，我费尽了唇舌，最后终于让他明白了这一切只是幻觉——或者，至少他说他明白了。他同意去疗养院接受治疗。

"一周之后，我刚才也说了，我接到了一封海伦寄来的信。信是从法国的比亚里茨寄出的，信上说，她打算去西班牙，让我告诉凯尔文，她不想离婚，让他最好赶紧忘掉她。

"我把信拿给凯尔文看。他什么也没说，继续按原计划行事。他给他前妻在新西兰的亲戚发了电报，请他们代为抚养女儿。安排好一切之后，他就住进了一家不错的私人精神病院，并答应接受适当的治疗。然而，那些治疗对他没有什么效果。两年以后，他就在那里去世了。我可以给你那家疗养院的地址，就在诺福克。现任的院长那时候就在这家疗养院里工作，那会儿他还是个年轻医生，他可能会把有关你父亲病情的所有详情告诉你。"

格温达问："那你妹妹寄来的第二封信呢——之后寄来的那封？"

"哦，对了。那是大概六个月以后，从佛罗伦萨寄来的——地址栏写的是'肯尼迪小姐'留局自取。她说她意识到也许不离婚对于凯尔文来说很不公平，可她并不想离婚。她说，如果他想离婚，就请我转告，让她知道他需要的相关证明。我把信拿给凯尔文，他立即说他不想离婚。于是我给她写信说明了情况。从那以后，她就再也没有来过信了。我不知道她住在什么地方，也不知道她到底是死是活，所以我才被你们登的广告吸引了，希望能得到她的消息。"

他轻声补充说："对于这一切，我感到非常遗憾，格温妮。可是你得明白，我只是希望你可以离这一切远远的……"

第九章 未知元素？

1

贾尔斯送走了肯尼迪医生，回到屋里，他发现格温达还坐在原处。她两颊通红，目光亮得可怕，说话声音沙哑而又神经质。

"老话怎么说的来着？要么死亡要么发疯？就是这个——死亡或发疯。"

"格温达……亲爱的。"贾尔斯走到她身边，用手臂环住她，感到她的身体又僵又硬。

"咱们当初怎么就没丢开不理呢？为什么呢？就是我的亲生父亲掐死了她，我听到的那些话就是我亲生父亲说的。难怪这一切都回来了……难怪我怕得这么厉害，那是我的亲生父亲啊。"

"等等，格温达……等一下。我们并不真的知道……"

"我们当然知道！是他告诉肯尼迪医生他掐死了自己的妻子，不是吗？"

"可是肯尼迪相当肯定他并没有……"

"那是因为他没发现尸体，但是尸体是存在的……我看见了。"

"你是在前厅看见的……不是在卧室里。"

"那又怎么样呢？"

"哦，挺可疑的，不是吗？他何必要说他是在卧室里掐死了自己的妻子呢,如果他是在前厅掐死了她的话?"

"哦,我不知道,那只是无关紧要的细节。"

"我可不那么认为。振作起来吧,亲爱的。这整个事件中有不少相当有趣的地方。如果你愿意,咱们可以认为,的确是你父亲掐死了海伦,就在前厅。那么之后呢?"

"他跑到肯尼迪医生那儿去了。"

"然后跟他说,自己已经把老婆掐死在卧室里了,还把他带回来,可是压根儿就没有什么尸体——无论是在前厅还是在卧室。见鬼了,哪有杀了人却没尸体的。他是怎么处置尸体的呢?"

"也许是有尸体的,肯尼迪医生帮他埋了……只不过,他肯定不会跟咱们说的。"

贾尔斯摇了摇头。

"不,格温达……我觉得肯尼迪不会那么做。他是个冷静、精明、从不感情用事的苏格兰人。你的言下之意是,他会愿意成为一个帮凶,让自己担上风险。我可不相信他会那么做。他可能会竭尽所能帮哈利迪提供证据证明他精神失常——这个,他会的。可他有什么必要拿自己的脑袋冒险去掩盖这件事呢?凯尔文·哈利迪跟他毫无关系,连亲密的朋友都算不上。而被杀的可是他的亲妹妹,何况他还很喜爱她——尽管他对于她不检点的生活方式表现出了老古董式的不满。就算你是他妹妹的孩子,他也不会为了你那么做的。不,肯尼迪不会纵容隐瞒凶案的行为。即使他那么做了,唯一可能采取的方式,就是故意出具一份死亡证明,证明她死于心脏衰竭之类的毛病。我认为,那样做是可以成功的。但我们明确知道他并没有那样做,因为教区登记簿里没有她的死亡记录。何况,如果他那么做了,他会告诉咱们他妹妹已经死了。所以,就从这里开始解释吧,如果你能解释得清的话,尸体到底去哪儿了?"

"也许我父亲给埋在什么地方了……在花园里?"

"然后跑到肯尼迪那儿去,说他谋杀了自己的妻子?为什么?为什么不顺水推舟地说她是'离开了他'?"

格温达把额前的刘海向后拢了拢。她的身体现在已经不怎么僵硬,两颊的潮红也消退了。

"我不知道,"她承认,"你这么一说,这事似乎是有点儿奇怪。你觉得肯尼迪医生说的是实话吗?"

"哦,是的……我很确信这一点。从他的角度来看,这是一个非常合理的故事。噩梦、幻觉——到最后就主要是幻觉了。他毫不疑心这事其实不是幻觉,因为,我们刚才说过,没有尸体就没有凶案。这是我们和他有分歧的地方。我们知道尸体是存在的。"

他停顿了一下,然后继续说:"从他的角度来看,每一环都衔接得很好,失踪的衣物和手提箱、告别的留言,还有后来他妹妹寄来的两封信。"

格温达动了一下。

"那两封信怎么解释呢?"

"没法解释……可我们会弄清楚的。如果肯尼迪说的都是实话(我说过,我非常确信这一点),我们就得搞清楚那些信到底是怎么回事。"

"我在想,那些信真的出自他妹妹的手笔吗?他认识她的笔迹吗?"

"你知道,格温达,我相信这不成问题。这可不是那种签在可疑支票上的签名。即使那些信不是他妹妹写的,只要笔迹模仿得高度相似,他是不会有任何怀疑的。他本就知道她跟别人私奔了，这些信正好让他对此坚信不疑。如果她从此音信全无——嘿，那他就该起疑心了。不过，信上有几处疑点，他可能没有发现，我却发现了。这两封信都是匿名信，这一点很奇怪。信上只写了留局自取，没留地址，也没说跟她一起私奔的那个男人是谁。信上的内容很明确地表示，她决心要跟过去的一切断得干干净净。我得说，这很典型地就是那种谋杀犯精心策划出来的信，借以打消受害者家人可能会生出的疑心。又是克里平①的那套老掉牙的伎俩。要制造出假象，让人相信信件是从国外寄来的，这是轻而易举的事情。"

"你认为我父亲……"

"不……恰恰相反，我认为不会是他。假设一个男人经过深思熟虑决定除掉他的妻子，他会利用她可能存在的不忠行为散播谣言，他会一手布置她离家出走的假象——遗留的字条，打包带走的衣物，还会有她写的信——按照精心谋划的频率从国外寄来。而事实上，他已经悄然无声地杀了她，把她埋到了——比方说，地下室。这是谋杀案的模式之一——而且这种模式经常被采用。不过，这种类型的谋杀犯可绝不会冲到大舅子那里，跟他说自己把老婆给杀了，问他要不要一起去警察局。从另一个角度来说，如果你父亲是那种激情杀人者，对妻子因爱成狂，在激烈到扭曲的嫉妒情绪中掐死了她——就是奥赛罗那种类型——这也解释了你为什么会听到那句台词——那么，他在匆忙地冲到一个并不像是个能保守秘密的男人面前，大肆声张自己的罪行之前，肯定不会冷静细心地打包衣物并安排寄信事宜。这不合逻辑，格温达，这整个模式都不对劲儿。"

---

① 克里平（Crippen，1862—1910），居住在伦敦的美国医生，因杀妻被处以绞刑，案发后曾声称其妻与情人私奔了。

"那么，你到底想说什么呢，贾尔斯？"

"我也说不好……有一条串起这一切的主线，似乎存在着那么一个未知的因素——姑且称为X。目前有那么一个人还没现身，但他的手段已经隐约可见。"

"X？"格温达的语气万分惊讶，然后目光又暗了下来，"这是你编出来的吧，贾尔斯，你是故意这么说，好安慰我。"

"我发誓我没有。你难道没发现吗？我们根本没法勾勒出一个符合所有已知情况的轮廓。我们知道海伦·哈利迪被掐死，是因为你曾经看到……"他突然住嘴。

"天哪，我就是个傻瓜。我刚刚才想到。有一点把一切都给掩盖住了。你是对的，肯尼迪也没说谎。听着，格温达，海伦当时正准备跟她的情人私奔——但那个情人是谁，咱们可不知道。"

"X？"

贾尔斯急不可耐地打断了格温达的插话。

"她给她丈夫写了字条，可是不巧他恰好走了进来，看见她写的是什么，一下子就失控了。他团了纸条，扔进废纸篓，然后扑向她。她吓坏了，跑到了前厅……他追上了她，一把掐住了她的脖子……她的身子软下来，于是他甩开她，然后在她身旁退后几步，吟诵了《马尔非公爵夫人》里的台词。正在此时，楼上的孩子走到了栏杆处，看到了下面的一切。"

"然后呢？"

"关键在于，她没死。他可能以为她死了，但她不过是半窒息而已。或许是她的情人到了——在癫狂的丈夫出发去镇子另一头的医生家以后，又或许是她自己清醒了过来。不管怎么说，她一醒过来就逃走了，一刻也没多留。这样一来，所有的事情就都能说得通了。所以凯尔文才会坚信自己杀死了海伦，所以那些白天就收拾好的衣物才会消失无踪,所以之后的来信才会看起来如假包换。就是这么回事——所有事情都说得通了。"

格温达语速很慢地说:"但这解释不了凯尔文为什么会说他在卧室里掐死了她。"

"他情绪太激动,没办法记清楚这一切发生的确切地点。"

格温达说:"我愿意相信你。我也想去相信……可是我仍然确定……相当确定,我往下看的时候,她是死了,确实死了。"

"但你哪儿能说得准呢?那时候,你不过个三岁的孩子。"

她看着他,面色诡异:"我可以明白的——比成年人更容易明白。就像狗,它们明白死亡并且会掉头狂吠。我觉得孩子们……明白死亡……"

"这毫无意义,根本不切实际。"

前厅的门铃响起,打断了贾尔斯的话。他说:"是谁呢?"

格温达突然醒悟过来:"我都给忘了。是马普尔小姐,我邀了她今天过来喝茶。在她面前,咱们就别讨论这件事了。"

2

格温达本来担心喝茶的时候,自己会被瞧出什么端倪来——不过幸好,女主人这副语速过快、精神亢奋,还有点儿强颜欢笑的样子,马普尔小姐似乎并没有留意到,她自顾自地说个不停——能待在迪尔茅斯,她特别开心,还有——这不令人兴奋吗?——她朋友的朋友给自己在迪尔茅斯的朋友写了信,所以她接到了不少本地住户的热情邀请。

"能一点儿也不觉得自己是个外地人,你明白我的意思吧,亲爱的,只要他认识一些积年的老住户。比如说,我马上要去跟费恩夫人一起喝茶——她丈夫生前是本地最好的律师事务所的高级合伙人。那真是一家老式的家族事务所，现在是她的儿子在经营。"

念叨着家长里短的轻柔话语仍在继续。她的女房东为人特别好，让她住得非常舒适——"还有真正的美味佳肴，她在我的老朋友班特里夫人家里做过几年厨娘——她不是英国人，不过她的姨妈在这里住了很多年，她和她丈夫假日时会到这边来——所以她知道不少本地的家长里短。哦，顺便问一句，你对你的花匠还满意吗？我可听说本地人都知道他老是偷懒——说得多做得少。"

"他就爱喝闲茶聊闲天，"贾尔斯说，"一天得喝五杯茶。不过只要我们盯着，他就干得特别好。"

"咱们去花园里转转吧。"格温达说。

他们陪她在房子里和花园里逛了逛，马普尔小姐礼貌地点评了几句。格温达本来担心观察力敏锐的马普尔小姐会察觉到什么问题，不过她错了，马普尔小姐并没有表现出任何观察到异常情况的模样。

然而，奇怪的是，格温达自己改变了主意。马普尔小姐正在跟他们讲一桩小孩子和贝壳的趣事，格温达突然打断了她的话，喘了几口粗气，对贾尔斯说：

"不管了，我要告诉她……"

马普尔小姐扭过头来专心听她要说什么。贾尔斯欲言又止，最后他说："唉，你这是自寻烦恼，格温达。"

于是，格温达把一切对马普尔小姐和盘托出：他们如何去拜访肯尼迪医生，他后来又如何回访，还有他告诉他们的情况。

"你在伦敦说的话就是这个意思，不是吗？"格温达屏住呼吸问道，"所以说，你认为，我……我父亲有可能卷进了这桩案子？"

马普尔小姐温和地说："在我看来，的确有这种可能性……是的。'海伦'非常可能是你年轻的继母……受害人……呃，掐人致死的案子，通常都跟丈夫脱不了干系。"

马普尔小姐既没有大惊失色，也没有情绪激动，语气就像是在谈论观察到的自然现象一样。

"我现在明白你之前为什么极力劝阻我们调查这件事了。"格温达说，"哦，我现在真希望我们当时听了你的话。可是没有重新来过的机会了。"

"是啊，"马普尔小姐说，"没办法重新来过。"

"现在你最好听听贾尔斯的想法。他一直在提出不同的意见和建议。"

"我的想法就是，"贾尔斯说，"这并不合情理。"

他把之前跟格温达说过的观点又清晰简练地陈述了一遍，然后详述了他最终得出的结论。

"如果你只是想说服格温达，那这是唯一的办法了。"

马普尔小姐把目光从贾尔斯身上转向格温达，又转了回来。

"这是一个非常合理的假想，"她说，"但是，正如你自己所指出的那样，里德先生，那个X是有可能存在的。"

"X！"格温达说。

"未知元素，"马普尔小姐说，"我们可以说，是某个尚未现身的人。不过，他确实存在，通过明显的事实，可以做此推断。"

"我们打算到诺福克的那家疗养院去看看，我父亲是在那里去世的，"格温达说，"也许我们能在那里发现一些线索。"

第十章　一份病历

1

　　盐沼疗养院距离海岸六英里，不远不近，恰到好处，在五英里外的南本汉姆镇可以乘坐火车方便地往返伦敦。

　　贾尔斯和格温达被人领进一间宽敞明朗的大客厅，里面挂着满是花朵图案的布艺装饰。一位满头银发、相貌优雅的老夫人端着一杯牛奶走了进来，冲他们点头致意后，在壁炉边坐下来，若有所思的目光在格温达身上停留了片刻。然后，她向格温达倾身靠过去，用几乎只有两个人能听到的声音对她耳语：

　　"这是你可怜的孩子吗，亲爱的？"

　　格温达吃了一惊，迟疑地说：

　　"不……不，不是的。"

　　"哈，奇怪。"老夫人点点头，喝了一小口牛奶，然后继续搭话，"十点半……就是那时候。总是十点半。太奇怪了。"她压低声音，又向格温达倾身靠过去。

　　"就在壁炉后面，"她喘了口气，"可别说是我告诉你的。"

　　就在这时，一位穿着白色制服的女仆走进客厅，请贾尔斯和格温达跟她走。

　　他们被带到了彭罗斯医生的书房，医生正站起来迎接他们。

格温达忍不住暗自琢磨，这位彭罗斯医生自己看着也有点儿精神不正常，客厅里那位老夫人看起来都比他正常多了——不过，也许精神科医生都有点儿像精神病患者吧。

"我看了你的信，还有肯尼迪医生的信。"彭罗斯医生说，"我已经查阅了你父亲的病历，里德夫人。当然了，他的病情我记得非常清楚，不过还是想重新回忆一下，再回答你希望知道的所有细节。据我所知，你是最近才知道这些事的吧？"

格温达解释道，她是在新西兰由母亲的娘家亲戚抚养长大的，对于父亲，唯一所知的就是他是在英国一家疗养院里过世的。

彭罗斯医生点了点头："的确如此。根据病历显示，里德夫人，你父亲的病情非常特殊。"

"比如说？"贾尔斯问。

"哦，他的妄想——或者说幻觉——非常强。哈利迪少校明显处于一种非常紧张不安的状态，却异常坚定地强调，他由于妒火中烧而掐死了自己的第二任妻子，而在他身上却没有出现此类病症的各种常见症状。我不妨坦率地告诉你，里德夫人，要不是肯尼迪医生向我保证哈利迪夫人的确还活着，当时我就已经准备相信你父亲的话了。"

"你认为他真的杀死了他的妻子吗？"贾尔斯问。

"我说了，那是'当时'。不久，我就改变了看法，因为我逐渐了解了哈利迪少校的性格和品质。里德夫人，你的父亲，绝对不是一个偏执狂。他没有迫害妄想，没有暴力冲动，是一个文雅、友善、自制力良好的人。他既不是一般所谓的疯子，也不对任何人构成威胁。可是对于哈利迪夫人的死因，他却顽固地坚持己见，关于这一点，如果追根究底，我相信我们得回溯很多——

乃至他的某些童年经历。不过，我得承认，所有的分析方法都无法为我们提供正确的线索。要打消人对分析的抗拒，有时要花费很长时间，有可能要数年之久。而就你父亲的情况而言，时间根本不够。"

他犹豫了一下，然后突然抬起头来，说：

"我猜想，你大概知道，哈利迪少校是自杀去世的。"

"哦，不！"格温达大叫。

"对不起，里德夫人。我以为你是知道的。你有权为此而责怪我们，我承认，如果当时我足够警惕，就可能阻止这件事。但坦率地说，我没看出哈利迪少校有任何自杀倾向。他没有表现出忧郁症倾向——没有一个人坐着不说话，也没有灰心丧气。他抱怨过睡眠不好，于是我的同事给他开了一定剂量的安眠药。他假装按时吃药，其实是留了起来，直到他攒了足够的剂量，之后就……"

他摊开了双手。

"他的日子就过得那么痛苦吗？"

"不，我认为不是这样的。据我判断，这更像是一种内疚的情结，准确地说，是一种对于受到惩罚的渴望。你知道，一开始他坚持要报警，虽然别人劝住了他，告诉他，他的确没有犯下任何罪行，他仍然顽固地不肯相信。一而再再而三地向他证明之后，他才不得不承认他记不起自己真正犯下了这个案子。"彭罗斯医生翻着面前的纸页，"被问到当天傍晚的情况时，他的陈述始终是一致的。他说他走进房子，里面一片漆黑。仆人们都不在。他走进餐厅，和往常一样，自己倒了杯酒喝，然后穿过餐厅和客厅之间的门走进客厅。这之后的事情，他就什么也不记得了，一点儿也记不起来，直到他站在卧室里低头看着妻子的尸体——是被掐死的。他知道这是他干的——"

贾尔斯插了一句:"打扰一下,彭罗斯医生,他怎么知道是他干的呢?"

"在他的意识里,这是毫无疑问的。事发前几个月,他就发现自己疑神疑鬼、情绪失控。例如,他跟我说他确信他的妻子在给他下药。当然,他在印度生活过,那里会有妻子给丈夫用曼陀罗类的毒药,让他们精神错乱,地方法院经常接到此类诉讼案件。他相当频繁地受到这些幻觉的困扰,分不清时间和地点。他坚决否认自己怀疑妻子背叛了他,不过,我仍然相信这就是一切的动机。看起来,真正发生过的事是,他走进客厅,看到了妻子留给他的字条,字条上说她要离开他。这时,他唯一可以逃离这个事实的办法只有'杀掉'她。于是幻觉就产生了。"

"你是说,他非常在乎她?"格温达问。

"很明显啊,里德夫人。"

"那他从来没……意识到……那只是幻觉吗?"

"他不得不承认那一定是幻觉,但他的内心始终不曾动摇。妄想的力量太强烈,以至于压垮了理智。如果我们能揭开他潜藏的儿童时代的情结——"

格温达打断了他的话,她对儿童时代的情结毫无兴趣。

"可是,你说,你非常确信,他……他没干那件事?"

"哦,如果你是在担心这个的话,里德夫人,那就可以抛到脑后了。凯尔文·哈利迪纵使对他的妻子妒火中烧,也绝对不是一个杀人凶手。"

彭罗斯医生清了清嗓子,拿起一个破旧的黑色小本子。

"如果你想要,里德夫人,你是最适合保存它的人。这里面是你父亲在这里记下的各种笔记。后来我们把他的遗物转交给他的遗嘱执行人（实际上是一家律师事务所），当时的主管人麦奎尔医生把它当作病历的一部分保留了下来。你父亲的案例，你知道，被用在了麦奎尔医生的书里——当然，姓名只用了缩写，K.H.先生。如果你想要这本日记……"

格温达激动地伸出手。

"谢谢，"她说，"我非常想要。"

2

格温达坐上火车返回伦敦，路上，她拿出那个破旧的黑色小本子，读了起来。

她随意翻开一页。

凯尔文·哈利迪写道：

> 但愿这些做医生的都医术高明……听着全是废话。我爱不爱我母亲？我恨不恨我父亲？我一个字也不信……我情不自禁地感到这就是一个简单的刑事案件……刑事法庭……而不是疯人院里的那些事。然而……这里的一些人……那么正常，那么理智……就像外面的人一样……除非当你突然冒出了什么怪念头。很好，嗯，似乎我，也有个怪念头……

> 我给詹姆斯写了信……催着他联络海伦……如果她还活着，就让她亲自过来看我……他说他也不知道她在哪里……那是因为他知道她已经死了，我杀死了她……他是个好人，但他骗不了我……海伦死了……

> 我是从什么时候开始怀疑她的呢？很长时间了……我们来到迪尔茅斯以后不久……她就变了个人……她隐藏着什

么……我曾经观察过她……是啊,她也曾经观察过我……

她有没有在我的食物里下过毒?那些可疑的恐怖噩梦。不是普通的梦……活生生的噩梦……我知道那是因为中了毒……只有她才能做到……为什么?有一个人……某个她害怕的人……

实话实说,我怀疑她有个情人。有一个人……我知道有一个人——在船上的时候她都跟我说了……她爱着一个人,却不能结婚……我们俩都一样……我忘不了梅根……有些时候,小格温妮看起来多像梅根啊。在船上,海伦和格温妮玩得那么好……海伦……你是那么可爱,海伦……

海伦还活着吗?还是我真的用双手掐住她的喉咙,让她窒息,导致生命离她而去了?我穿过了餐厅的门,我看到了那张字条……在桌子上支着,然后……然后……漆黑一片……唯有黑暗。可是,毫无疑问……我杀了她……感谢上帝,格温妮在新西兰一切都好。他们都是好人。因为梅根的缘故,他们会好好爱她。梅根……梅根,我是多么希望你能在这里啊……

这是最好的办法了……不会闹出丑闻……这是对孩子最好的办法。我不能继续下去了。不能年复一年地继续下去了。我必须采取最快的办法。关于这一切,格温妮永远不会知道。她永远不会知道她的父亲是一个杀人凶手……

泪水模糊了格温达的双眼。她向贾尔斯望过去。他就坐在她面前,却死死盯着对面的一个角落。

发现格温达在看他,贾尔斯有气无力地摇了摇脑袋。

同行的一位旅客正在读晚报,报纸的背面,一个哗众取宠的标题清晰地映入他们的眼帘：她生命中的那个男人是谁？

缓缓地，格温达点了点头。她低下头去看日记：

有一个人……我知道有一个人……

第十一章　她生命中的那个男人

1

马普尔小姐穿过海滨广场，走在福尔街上，在商场边拐上了山道。那里有些老式商店，一家专营羊毛和工艺绣品的，一家卖糖果的，一家出售维多利亚式女装和布料的，还有其他一些此类商铺。

马普尔小姐透过橱窗往工艺绣品店里看，两个年轻店员忙着接待顾客，而一个上了岁数的女人却在后面闲着。

马普尔小姐推开门走进去，在柜台前坐下，那个很有亲和力的灰头发女人问她："您要点儿什么，夫人？"

马普尔小姐要了点儿织婴儿外套用的天蓝色毛线，然后有一搭无一搭地跟女店员聊着天，谈论着花样，马普尔小姐翻了不少幼儿编织书，其间还聊了聊她的几个侄孙和侄孙女。马普尔小姐表现得一派从容，女店员也丝毫没有不耐烦。这位店员多年来接待了很多像马普尔小姐这样的顾客，比起那些毛毛躁躁没耐心，又不讲礼仪的年轻妈妈，她更喜欢这些文雅、闲适、爱聊天的老太太，她们很懂自己到底需要什么，而不会一心只盯着肤浅漂亮的便宜货。

"是啊，"马普尔小姐说，"这个确实非常棒，而且鹳腿牌永远可靠,真正是从不缩水的。再帮我拿两盎司吧。"

女店员在打包毛线的时候提了一句今天的风特别冷。

"是啊,确实是,我从前边走过来的时候就注意到了。迪尔茅斯的变化太大了。我得有……我想想……差不多十九年没来过这儿了。"

"是吗,夫人?那你准能发现好多变化。那时候堂皇大厦还没建起来吧,我说,南方风情酒店也没建起来吧?"

"是啊,没有,那会儿这里还是一个地地道道的小地方。我当时住在朋友家里……圣凯瑟琳别墅……你听说过吗?就在利翰普顿路那边。"

可惜这个店员是十年前才来迪尔茅斯的。

马普尔小姐向她道了谢,拿上毛线,走进了隔壁的布店。她又选了一位岁数比较大的店员,马普尔小姐聊天的思路与之前大同小异,这次打的幌子是买夏天穿的马甲。这位店员不假思索地回答说:"你说的是芬德孙夫人的房子。"

"是啊……没错。不过我那位朋友是连家具一起租的房子——哈利迪少校和他的妻子,还带着一个小女儿。"

"哦,是的,夫人。他们住了大概一年。"

"是啊。他是从印度回来的。他们家的厨娘厨艺很好,她还给过我一份特别棒的苹果布丁食谱……还有,我想想,哦,还有姜饼的食谱。我常想打听打听她现在怎么样了。"

"你说的是伊迪丝·佩吉特吧,夫人。她还在迪尔茅斯呢,现在在……疾风旅馆工作。"

"哦,还有呢,费恩一家,是做律师的,我记得是律师!"

"老费恩先生好几年以前就过世了,小费恩先生——沃尔特·费恩先生,跟他母亲住在一起。沃尔特·费恩先生一直没结婚，现在已经是高级合伙人了。"

"是吗？我听说沃尔特·费恩先生早就去印度了——是去种茶还是什么的。"

"我记得他是去过，夫人。那会儿他还年轻呢。不过大概一两年以后他就回来了，还进了律师事务所工作。他们在这儿干得很好，口碑相当不错。沃尔特·费恩先生是一位非常亲切文静的绅士。大家都喜欢他。"

"可不，那是当然。"马普尔小姐大声说，"他跟肯尼迪小姐订了婚，是吧？可是她后来悔婚了，嫁给了哈利迪少校。"

"没错，夫人。她跑去印度跟费恩先生完婚，不过看来她是改了主意，结果嫁给了另一位绅士。"

店员的语气里微微带上了不满。

马普尔小姐向店员靠了靠，压低了声音说："我一直为可怜的哈利迪少校（我认识他母亲）和他的小女儿感到非常遗憾。他的第二任妻子丢下他跟别人跑了。真是个轻浮的人。"

"典型的水性杨花，她就是那么个人。可她哥哥，那个大夫，真是个好人，我膝盖的风湿病就是他给治好的。"

"她是跟谁跑的？我没听人说过。"

"那就说不好了，夫人。有人说是夏天来避暑的一个游客。可我听说哈利迪少校整个人都垮了。他离开了这个伤心地，我相信他的身体全垮了。找你的零钱，夫人。"

马普尔小姐拿上店员给她包好的东西和递过来的找零。

"多谢你了，"她说，"你说……伊迪丝·佩吉特，你觉得……她还有没有那份挺棒的姜饼食谱？她给我的那份被我弄丢了——也许是被我那个粗心的女仆给弄丢的，可我特别喜欢吃做得好的姜饼。"

"我觉得应该有,夫人。其实,她妹妹就住在隔壁,就是糖果店主蒙福德先生的妻子。伊迪丝不当值的时候经常过来,我相信蒙福德太太会给她捎信的。"

"这可真是个好主意。给你添了这么多麻烦,真是多谢了。"

"我的荣幸,夫人。"

马普尔小姐从店里出来,到了大街上。

"挺不错的一个老式商店,"她自言自语地念叨,"马甲真是漂亮,卖得一点儿也不贵。"马普尔小姐的裙子上别了一枚淡蓝色珐琅彩的怀表,她拿起来看了一眼。

"还有五分钟就该到活力猫咖啡厅去见那两个年轻人啦,但愿他们在疗养院没发现什么太令人烦恼的事。"

2

活力猫咖啡厅里,贾尔斯和格温达坐在角落里的一张桌子前,那个黑色的小本子躺在桌上。

马普尔小姐从街上走进来,坐在他们身边。

"马普尔小姐,您来点儿什么,咖啡?"

"好的,谢谢……不,蛋糕不用了,上一份烤饼和黄油。"

贾尔斯点了单,格温达把小黑本推到马普尔小姐面前。

"你得先看看这个,"她说,"然后我们才能说清楚。这是我父亲……他在疗养院里写的东西。哦,不过我们首先得把彭罗斯医生的话都给马普尔小姐说一说,贾尔斯。"

贾尔斯跟马普尔小姐一一说了。于是,她翻开了那个小黑本。这时,女侍者端来了三杯淡咖啡、一份烤饼加黄油、一盘蛋糕。贾尔斯和格温达一言不发,默不作声地看着马普尔小姐翻开本子。

终于,她把本子合上、放下,脸上带着难以言喻的表情。格温达觉得那表情里隐含着愤怒。她的嘴唇抿得紧紧的,双眼灼灼有光,在她这个年纪的人身上,这种表情可不大常见。

"是的,真是这样。"她说,"是的,真是这样的!"

格温达开口道:

"你之前这么劝过我们……还记得吗……你让我们别再继续了。我明白你为什么这么做了。可我们还是继续调查了……现在就查出了这样的结果。只是,到了现在,看起来我们似乎该就此住手了——如果愿意的话……你觉得我们该住手吗,还是继续查下去?"

马普尔小姐缓缓地摇了摇头,看起来既忧虑又迷茫。

"我不知道,"她说,"我是真的不知道。也许就此住手会比较好,会好得多。因为随着时间的流逝,你们所能做的已经非常有限了……我是说,你们什么有建设性的事都做不成。"

"你是说,随着时间的流逝,我们就什么线索都找不到了?"贾尔斯问道。

"哦,不是,"马普尔小姐说,"我压根儿就不是那个意思。十九年的时间还没那么久。还有不少人能记起当年的事,我们可以去询问他们——人还不少呢,比如当时的仆人。那时候至少有两个仆人在那幢房子里做工,还有一个保姆,很可能还有花匠。找到这些人,跟他们聊一聊,所要花费的也不过是一点儿时间和一点儿精力而已。事实上,我已经找到了其中之一,那个厨娘。不,这些并不是问题。问题是,到了最后你什么有益的事都做不成,我倾向于说……什么也做不成。不过……"

她顿了顿:"还有一个'不过'……我反应有点儿慢,一下子还想不透，可我有种感觉，这里有点儿什么……什么看不见摸不着的东西……值得为之冒险……甚至是应该为之冒险。可我很难说明白那究竟是什么……"

贾尔斯张嘴说了句"在我看来……"然后又顿住了。

马普尔小姐感激地转向他。

"绅士们，"她说，"似乎都有能力把事情梳理得条理分明。我肯定你已经想出个结果了。"

"我已经想明白了。"贾尔斯说，"在我看来，只有两个结论比较符合事实。一个就是我之前说过的：海伦·哈利迪并没有死，尽管格温妮看到了她躺在前厅地板上。她醒了过来，然后跟她的情人出走了，无论这个情人是谁。这个结论与我们目前所知的事实并不冲突，与凯尔文·哈利迪固执地相信自己杀了妻子不冲突，与失踪的衣物和手提箱以及肯尼迪医生发现的字条也不冲突。但这个推论仍然无法解释某些问题，譬如为什么凯尔文坚信他是在卧室中掐死妻子的。而且，也无法解释那个在我看来最最棘手的难题——海伦·哈利迪现在在什么地方？因为，我认为再怎么样，海伦也不应该从此就音讯全无。先假设那两封信的确是她亲手写的，可后来又发生了什么事呢？她为什么再也不来信了？她和哥哥的感情非常深，而且显然，哥哥也是始终如一地深深疼爱自己的妹妹。也许他对她的做法并不赞同，但这并不意味着他会希望与她隔绝音信。如果要我说，这一点显然已经使肯尼迪本人非常担忧。也许会是这样，在当时他完全相信了他跟我们说的那种情况——他妹妹私奔了，而凯尔文则崩溃了，可他不会想到此后竟然再也接不到妹妹的书信。我想，这么多年过去了，他的妹妹全无音讯，而凯尔文·哈利迪则始终坚信自己的幻觉，乃至最终自杀身亡。于是一个可怕的怀疑开始在他的脑海中蔓延——万一凯尔文说的是真的呢？要是海伦确确实实是被害了呢？她再也没有只言片语传来……如果她死在了异国他乡，他能接到消息吗？我想，这就是为什么他看到我们发的广告时，会那么急不可耐。他希望或多或少得到一些她的消息——她身在何方，或者在做什么。我敢肯定，一个人消失得那么彻底——就像海伦那样，绝对是不合常理的，这件事本身就非常可疑。"

"你说得不错，"马普尔小姐说，"可另一个推论呢，里德先生？"

贾尔斯一字一句地说道：

"另一个推论我已经想明白了。它相当荒唐，你知道，甚至相当恐怖。因为这个推论要用……怎么说呢……一种恶意来揣测……"

"是啊，"格温达说，"就是恶意。甚至是，我想，是神智不太正常的情况……"她的声音有点儿颤抖。

"是有这样的迹象，我想。"马普尔小姐说，"你知道，有大量的……哦，疑点……要比我们想到的多得多。我能想到其中的一部分……"

她满脸沉思的表情。

"你知道，没有任何正常、理智的解释了。"贾尔斯说，"我现在要说的这个荒唐的假设，即凯尔文·哈利迪并没有杀妻，却相信自己确实杀了她。彭罗斯医生作为一个正派人，显然愿意相信这一点。他对哈利迪的第一印象是，这个男人杀害了自己妻子，并打算向警方投案自首。后来他接受了肯尼迪的证言，不得不相信事实并非如此，于是他只能认定哈利迪患有某种情结或固结还是什么其他的术语……可是他其实并不情愿下这个诊断。他对于这类病例有大量经验，而哈利迪的情况并不相符。然而，在更深入地了解了哈利迪以后，他开始真心相信哈利迪并不是那种会在暴怒的情况下掐死女人的人。所以尽管他尚有疑虑，但仍然接受了情结一说。而这意味着只有一个结论能符合以上情况——哈利迪之所以会相信自己杀死了妻子，是受到了某个人的诱导。简而言之，我们推导出了那位 X。

"对诸事实进行反复梳理以后，我得说，这样的假设至少是有可能的。据哈利迪自己的叙述，当天晚上，他走进房子，来到餐厅，像平常一样喝了一杯——然后走进了隔壁的房间，在桌子上看到了一张字条，之后就暂时失去了知觉……"

贾尔斯停了一下，马普尔小姐点点头表示赞同。他继续说道：

"如果说，他并不是暂时失去知觉，那纯粹是麻醉剂导致的——下在威士忌里的高浓度麻醉剂。下面会发生什么就很明白了，不是吗？此时，那个 X 早已在前厅掐死了海伦，随后又把她弄到楼上，丢在床上，巧妙地布置成情杀的样子。凯尔文苏醒过来以后，弄明白了自己身在何处，于是，这个可怜的家伙，也许本就已经因为海伦而妒火中烧，一下子就相信是自己干了这一切。下面他会做什么呢？他去找了他的大舅子——住在镇子的另一端，而且是步行去的。这就给了 X 时间来布置下一步——打包并弄走手提箱，同时移走尸体……不过，尸体究竟是怎样处理掉的，"贾尔斯为难地说，"我一点儿也想不明白。"

"别这么说，里德先生。"马普尔小姐说，"我看这个问题并没有那么困难。请你接着说。"

"'她生命中的那个男人是谁？'"贾尔斯引用道，"乘火车回来时，我在报纸上看到了这么一句话，它引起了我的怀疑，因为这是真正的关键问题，不是吗？如果正如我们相信的那样，确实有这么一个X，关于他，我们所知道的一切就是他一定是为她痴狂——毫不夸张地为她痴狂。"

"而且恨我父亲入骨，"格温达说，"想折磨他。"

"所以，这就是我们遇到的难题。"贾尔斯说，"我们都知道海伦是那种……"他犹豫了一下。

"离不开男人的女人。"格温达补上了后半句。

马普尔小姐突然抬起头来，欲言又止。

"……而且她长得很美。可是，除了她的丈夫，我们没有掌握任何线索说明她的身边还有别的男人，也许确实有吧。"

马普尔小姐摇了摇头。

"不一定。她青春年少，你知道。可是你说的并不十分准确，里德先生。关于你所说的'她生命中的男人'，我们的确知道点儿什么。有一个男人，她曾经为了和他结婚而出国……"

"啊，对呀……那个律师？他叫什么名字来着？"

"沃尔特·费恩。"马普尔小姐说。

"没错。可是他不算数呀，他那时候不是在马来亚还是印度之类的地方吗？"

"他那时候还在吗？他可没有留在那里做茶农，你知道。"马普尔小姐说，"他回来了，进了律师事务所，现在还成了高级合伙人。"

格温达惊呼："说不定他是跟着她回来的！"

"有可能。我们还不知道。"

贾尔斯看着老太太，满脸好奇。

"你是怎么知道这些事的？"

马普尔小姐略带歉意地微笑着说："我一向有点儿爱闲聊，买东西的时候、等公交车的时候。大家不都认为老太太们都是喜欢打听事的吗？可以从中打听到不少本地新闻。"

"沃尔特·费恩，"贾尔斯思忖着说，"海伦悔婚，可能会引起他的强烈怨愤。他后来结婚了吗？"

"没有，"马普尔小姐说，"他和他母亲住在一起。我周末会去他家喝茶。"

"据我们所知，还有其他人。"格温达突然说道，"还记得吗，肯尼迪医生说过，她离开学校的时候跟谁订过婚，还是有过瓜葛……是个不良青年。我不明白为什么说那是个不良青年……"

"那就是有两个人，"贾尔斯说，"他们中的某一个也许心怀不满，也许有些忧郁……说不定第一个年轻人有点儿让人不满意的精神病史。"

"肯尼迪医生肯定知道，"格温达说，"不过不好开口问他。我是说，我对于这位继母几乎一点儿印象也没有了，要是我去询问她早年的事迹，是相当合情理的。可我要是想问她早年的风流韵事，就得拿出点儿合理的解释了。对于一位我都不怎么认识的继母来说，这种兴趣好像过分了。"

"很可能有其他的方法可以查到。"马普尔小姐说，"没错，我想，只要肯付出时间和耐心，就一定能搜集到我们需要的信息。"

"不管怎么说，我们已经发现了两种可能性。"贾尔斯说。

"我们也许，还能推导出第三种假设，"马普尔小姐说，"当然了，这只是一种纯粹的假设，但是随着事情的变化，我想是可以得到证实的。"

格温达和贾尔斯看着她，略微有点儿惊讶。

"这只是一种推论，"马普尔小姐有点儿脸红，"海伦·肯尼迪去印度是要和年轻的费恩结婚。应当说，她并没有爱他爱得如醉如狂，但一定是喜欢他的，而且准备和他长相厮守。可是，她一到了目的地就撕毁婚约，还给哥哥拍电报让他寄去回家的路费。这是为什么呢？"

"我想，她改主意了。"贾尔斯说。

马普尔小姐和格温达不约而同地看着他，表情有点儿无奈。

"当然是她改主意了，"格温达说，"我们都明白。马普尔小姐的意思是——她为什么改主意呢？"

"女孩子的想法不都总是变来变去的吗？"贾尔斯茫然地问。

"那得是在某种条件下。"马普尔小姐说。

她的话里意有所指，上了年纪的夫人们总是有办法不用说什么就能达到这种效果。

"是他做了什么事——"贾尔斯含含糊糊地说，这时格温达突然插话。

"当然，"她说，"是另一个男人！"

她和马普尔小姐对视一眼，两人都已经心知肚明，而这种默契是男人们无法理解的。

格温达特别有把握地补充说："在船上！出国的船上！"

"大概吧。"马普尔小姐说。

"月光下的甲板上，"格温达说，"全是那种事。只是……他们肯定是真心的……而不是普通地调调情。"

"是啊，"马普尔小姐说，"我想他们是真心的。"

"如果是这样的话，她为什么不嫁给那个小伙子呢？"贾尔斯质疑道。

"也许他并不是真的在意她。"格温达缓缓地说，随即又摇了摇头，"不，我想如果真是那样的话，她还是会去嫁给沃尔特·费恩。哦，当然了，我真是个傻子。他是个有妇之夫。"

她看看马普尔小姐,一副很有把握的样子。

"准确地说,"马普尔小姐说,"这就是我要重新描述的那种可能性。他们坠入爱河,很可能爱得不顾一切。可是,如果他是个已婚男人……也许还有了孩子……而且很可能是个相当有社会地位的人——哦,那也就只能到此为止了。"

"可是她没法再去跟沃尔特·费恩结婚了。"格温达说,"所以她就给哥哥拍了电报,返程回家。是的,一切就都说得通了。之后,在返程的船上,她邂逅了我的父亲……"她停住了,仔细想了想。

"也不是多么狂热的恋爱,"她说,"但他们互相吸引……而且还有我在。他们各自都有满腹心事……于是相互安慰。我父亲把我母亲的事跟她说了,也许她也跟他说了那个人的事……是啊,当然……"她轻柔地抚摸着日记本。

我知道有一个人——在船上的时候她都跟我说了……她爱着一个人,却不能结婚……

"是的,就是这样。海伦和我父亲同病相怜、惺惺相惜,还有我需要照顾,她觉得她能给他幸福……甚至她可能会认为她自己最后也能获得幸福。"

她说完了,使劲儿冲马普尔小姐点头,高兴地说:"就是这样。"

贾尔斯看起来有点儿恼火。

"真的,格温达,这些都是你瞎编的,还假装真的发生过。"

"就是这么回事,事情肯定就是这样的。而且这样我们又有了第三个'X'。"

"你是指……"

"那个有妇之夫。我们不知道他是什么人。也许他根本不是什么好人，也许有点儿精神不正常。有可能他跟踪她来到了这里……"

"你刚才还说他是要去印度的。"

"哎呀，那他还不能从印度回来吗？沃尔特·费恩就回来了，去了还不到一年。我也没说这个男人确实回来了，但我认为他是一种可能性。你反复念叨她生命中的那个男人是谁，这样一来，我们已经有三个了。沃尔特·费恩、某个不知名的年轻男人，还有一个已婚男人……"

"反正有这么一个我们不知道是谁的人。"贾尔斯总结道。

"我们会弄明白的。"格温达说，"是吧，马普尔小姐？"

"付出点儿时间和耐心，"马普尔小姐说，"我们就能查到很多东西。我先来贡献点儿信息。我今天跟一个布店售货员聊了一会儿，特别幸运地得到了一个消息，我们想找的那个伊迪丝·佩吉特，就是曾经在圣凯瑟琳别墅做厨娘的那个人，还住在迪尔茅斯。这里一家糖果店的店主娶了她妹妹。我觉着要是你想去看看她，格温达，应该是件挺正常的事。她大概能告诉我们不少情况。"

"太棒了，"格温达说，"我又有了个新想法。"她补充道，"我要立一份新遗嘱。别这么严肃，贾尔斯，我还是会把钱都留给你的。不过我要请沃尔特·费恩来帮我立这份遗嘱。"

"格温达，"贾尔斯说，"当心点儿。"

"立遗嘱，"格温达说，"再正常不过了。我想出来的这个接近他的办法实在不错。不管怎么说，我要去见见他。我要去看看他到底是什么样的人，如果可能的话……"

她没有继续说下去。

"我觉得有点儿惊讶，"贾尔斯说，"我们发了广告以后，居然没有其他人来回应——比如这个伊迪丝·佩吉特……"

马普尔小姐摇了摇头。

"在乡下,面对这种事,人们得考虑很长时间。"她说,"他们疑心病很重,会反反复复地考虑。"

第十二章　莉莉·金博尔

莉莉·金博尔在厨房的桌子上铺开两张旧报纸，准备把正在锅里咝咝作响的炸薯条捞出来沥干。她嘴里荒腔走板地哼着一支流行歌曲，弓着身子随意地扫着铺在面前的报纸。

突然，她的哼唱停住了，大叫了一声：

"吉姆——吉姆。听着听着，听见了吗？"

吉姆·金博尔是个上了岁数的男人，有些沉默寡言，此时正在洗涤槽前洗着脸，用他最爱用的单音节词回答妻子。

"呃？"吉姆·金博尔说。

"报上有一条消息：'如果认识海伦·施彭洛夫·哈利迪，娘家姓肯尼迪，请联系里德和哈迪公司，南安普顿街。'我看这说的可能是我在圣凯瑟琳别墅伺候过的那个哈利迪夫人。他们租的是芬德孙夫人的房子，她和她丈夫。她的名字就是海伦……没错，而且她是肯尼迪医生的妹妹，他老跟我说我的扁桃腺应该摘除。"

金博尔太太安静下来，动作娴熟地把炸好的薯条摆好。吉姆·金博尔一边擦脸，一边对着卷起来的手巾哼哼。

"当然了，这是一张旧报纸。"金博尔太太又开始说话，她找了一下日期，"大概是一周或更久之前的。好奇吧，这是怎么回事？你说，会不会有什么油水，吉姆？"

金博尔先生意味不明地说:"呃。"

"兴许与遗嘱之类的东西有关,"他的妻子琢磨着,"时间太久了。"

"呃。"

"得有十八年或者更久了,我不该怀疑吗……他们为什么现在要把这些事给翻出来?你说,这广告不可能是警察发的吧,吉姆?"

"那又怎么样?"吉姆·金博尔问。

"哦,你知道我在想什么,"金博尔太太神秘兮兮地说,"那时候我跟你说过,我说过的,就在咱们辞工的时候。搞得好像她是和情人私奔了。那些做丈夫的,当他们要谋杀自己的老婆的时候,往往会那么说。其实这就是谋杀案。我跟你就是这么说的,跟伊迪①也是这么说的,可伊迪说什么也不信。她从来都没有想象力,伊迪就没有那玩意儿。那些衣服,她以为是被哈利迪夫人随身带走了……哦,那可不是,要是你明白我在说什么的话。失踪的有一个手提箱和一只手提袋,还有足够装满它们的衣物,不过不是这么回事。我跟伊迪说:'照这么说,先生把她给杀了,弄到地下室里。'不过,其实不是地下室,因为莱昂妮,那个瑞士保姆,她看到了什么,就在窗外。她跟我一起去电影院了,真的,本来她不应该离开儿童房。可我得说,那孩子从来不会半夜醒过来——就像金子一样可爱,晚上总待在床上。'太太晚上从来不去儿童房,'我说,'要是你跟我一块儿溜出去,谁也不会知道。'她就跟我一块儿去了。我们回来的时候,到处都乱哄哄的,医生来了。先生病倒了,在更衣室里睡着,医生在照料他,还找

---

①伊迪丝的昵称。

我问了衣服的事。这时候，一切看起来都还好。我想，她成功地跟着她爱的那个男人私奔了——那男人也结过婚。伊迪说她真心希望我们谁也不要离婚，还为这事祈祷。那人叫什么名字？我记不起来了。首字母是M……也许是R？上帝保佑，人们的记忆力总是会衰退的。"

金博尔先生洗完了脸走了进来，根本就不搭她的话茬儿，只是问他的晚餐准备好了没有。

"我正要给炸薯条沥油……稍等，我再去拿一张报纸。最好把这张收好了，这不像是警察发的——都隔了那么久了。没准儿是律师发的，而且有油水呢。这上面没写必有重酬之类的……不过都一样……要是知道能找谁问问就好了。这上面说可以给在伦敦的某个地址写信，可我不知道我应不应该做这样的事……对于伦敦的很多人，这不是……你怎么看，吉姆？"

"呃。"金博尔先生随口应着，饿狼似的盯着鱼和炸薯条。

于是，他们的讨论被搁置了。

第十三章　沃尔特·费恩

1

一张宽大的桃花心木办公桌，这一边坐着格温达，那一边坐着的便是沃尔特·费恩。

格温达打量着对方，眼前是一位面色倦怠的男士，五十岁上下，相貌平凡，气质却温文尔雅。格温达心想，他是那种让人一见即忘的男人，若是偶然遇见一次，很难再回忆起他的模样……用时髦点儿的话说，他太没个性了。他开口说话时，嗓音轻缓，悦耳动听，带着那么点儿审慎的味道。他很有可能，格温达在心里断定，是个可信的律师。

她偷偷环顾了这间办公室——这可是间律师事务所高级合伙人的办公室。格温达觉得，它和沃尔特·费恩很相称。纯粹的旧式风格，家具已显老旧，但都是用结实坚固的维多利亚时代的木料打的。靠墙摆着不少放契据文书的文件箱——上面一一标着本郡颇有名望的人士的姓名。约翰·瓦瓦苏－特伦奇爵士、杰瑟普女士、已故的阿瑟·福克斯先生。

大框格窗子上的玻璃积了不少灰，窗户外面是个方正的后院，毗邻着一座十七世纪建造的排屋的坚固围墙。没有一样东西称得上漂亮或者时髦，但也没有一样东西俗气邋遢。表面上看来这间办公室一点儿也不整齐，文件箱堆得到处都是，桌上的东西乱七八糟，法律书籍在书架上摆得歪歪斜斜——但它的主人在拿东西的时候清楚地知道自己应该把手往哪儿伸。

正伏案书写的沃尔特·费恩停了笔，脸上绽开了愉快的微笑。

"我认为一切都相当明确，里德夫人，"他说，"一个非常简单的遗嘱。你打算什么时候来签字呢？"

格温达说随他的方便，她并不着急。

"我们在这儿买了座房子，你知道，"她说，"是山腰别墅。"

沃尔特·费恩低头扫了一眼备忘录说："是的，你给过我地址……"声音平稳，没有一丝变化。

"那座房子真是漂亮，"格温达说，"我们都很喜欢它。"

"是吗？"沃尔特·费恩微笑着说，"是在海边吗？"

"不是，"格温达说，"它改过名，以前叫圣凯瑟琳别墅。"

费恩先生把夹鼻眼镜摘下来，拿起一块丝绸手帕擦拭镜片，一边垂头看着桌上。

"哦，对了，"他说，"在利翰普顿路上，是吧？"

他抬起头来，格温达顿时感到，平常戴眼镜的人摘掉眼镜之后竟然有这么大的区别！他的眼睛微微发灰，好像带着点儿莫名其妙的虚弱，茫然没有焦点。

格温达心想，这使得他的整个面部表情都像是一直在走神似的。

沃尔特·费恩又把夹鼻眼镜重新戴上，用律师们常用的那种谨小慎微的语调说：

"我记得你说过，你结婚的时候已经立过一份遗嘱了？"

"是啊。不过我在那份遗嘱里把东西留给了新西兰的几位亲人，可是后来他们相继去世了。所以我想，要是重新立一份遗嘱会简单明确一些——尤其是我们决定在这里定居以后。"

沃尔特·费恩点了点头。

"是的，这个想法很好。嗯，我想这一切相当明确，里德夫人。不知道你后天是否方便？十一点整可以吗？"

"行，完全可以。"

格温达站起身来，沃尔特·费恩也随即站了起来。

格温达突然开口，用的是她事先演练好的那种有点儿急迫的语气：

"我……我专程来找你，因为我想……我是说我以为……你以前认识我……我母亲。"

"是吗？"沃尔特·费恩不肯失礼，于是额外加了点儿热情，"她叫什么名字？"

"哈利迪。梅根·哈利迪。我想……我听人说过……你以前跟她订过婚？"

墙上的挂钟滴滴答答地响着，一，二，一二，一二。

格温达突然感到自己的心跳在加速。沃尔特·费恩脸上的表情可真平静啊！平静得就好像你能看到那样一座房子——所有的窗帘全部垂下，意味着那是一座藏着死尸的房子。（"你这想法太蠢了，格温达！"）

沃尔特·费恩声音平稳，毫不慌乱：

"不，我不认识你母亲，里德夫人。不过我的确一度订过婚，跟海伦·肯尼迪，最后她嫁给了哈利迪少校，成了他的第二任妻子。"

"哦，我知道了。我可真傻，全给弄混了。是海伦——我继母。当然了，这都是我记事以前很久的事了。我父亲第二次婚姻破裂的时候，我还只是一个小孩子。可我听别人说，你以前在印度的时候和哈利迪夫人订过婚，于是就理所当然地以为是我母亲了……因为是印度，我是说……我父亲就是在印度认识她的。

"那时候，海伦·肯尼迪出国到印度来和我结婚，"沃尔特·费恩说，"结果，她改了主意，又在回去的船上遇见了你父亲。"

他的叙述平板而毫无情感。格温达还是觉得他很像一座重帷低垂的房子。

"真抱歉，"她说，"我是不是问得有点儿太多了？"

沃尔特·费恩微笑着——缓缓地、愉悦的微笑。窗帘拉开了。

"那是十九二十年前的事了，里德夫人。"他说，"那么长时间过去了，一个人年轻时的苦恼和做过的荒唐事，已经微不足道了。这么说，你就是哈利迪的那个小女儿。你知不知道其实你父亲和海伦在迪尔茅斯住过一阵子？"

"哦，我知道。"格温达说，"所以我们才到这儿来了。当然，我记不得的事太多了，可当初考虑在英国的什么地方定居时，我首先就来迪尔茅斯了，来看看它到底是个什么模样。我觉得它是个很有吸引力的地方，于是就决定在这里安居，哪儿也不去了。我运气不错吧？我们买的房子竟然就是我家人很久以前住过的房子。"

"我记得那座房子，"沃尔特·费恩说着，脸上又露出了愉悦的微笑，"你大概不记得我了，里德夫人，不过我还能记得以前把你扛在肩上玩儿的情景。"

格温达大笑起来："你说真的吗？那你可真是位老朋友了。可我没法假装说我还记得你——我想那会儿我顶多两岁半或者三岁吧……你是从印度回来休假的吗,还是别的什么情况?"

"不是,我彻底离开印度了。我去那里是想试试种茶——可那种生活不适合我。家里安排我子承父业,当个平淡无奇、庸庸碌碌的乡间律师。我早年就把那些法律考试都考过了,所以就回来直接进了这家律师事务所。"他顿了顿,又说,"从那以后,我就一直在这儿工作了。

他又沉默了一会儿,然后低声重复了一遍:"是啊……从那以后……"

但是,十八年的话,格温达想,也并不是真的那么长……

然后,他整理了仪态,握着格温达的手说:

"既然我们是老朋友,改天你可一定得带着你丈夫来跟我母亲喝杯茶。我会让她写信给你的。话说回来,星期四,十一点钟,可以吗?"

格温达从办公室里走出来,下了楼梯。楼梯拐角处挂着一张蜘蛛网,网中央趴着一只苍白的、毫无特殊之处的蜘蛛。格温达想,它看起来一点儿也不像真的蜘蛛,那种爱抓苍蝇吃的肥大多汁的蜘蛛,而是更像一只蜘蛛的鬼魂。嗯,相当像沃尔特·费恩,说实话。

2

贾尔斯在海边见到了妻子。

"怎么样?"他问。

"他那时候就在迪尔茅斯。"格温达说,"我是说,他已经从印度回来了,因为他曾经把我扛到肩上玩儿。不过他不可能是杀人凶手——一点儿也不可能,他太文静、太温和了。很好的人,可他永远也不会引人注意。你知道那种人,他们参加了宴会,可你没法注意到他们是什么时候走的。应当说,他是一个非常正直的人,很爱他的母亲,还有许许多多的美德。可要是从女人的角度来看,他闷得要命。我算是明白他为什么一点儿都吸引不了海伦了。你明白吧,他值得托付终身,但不是你心中真正的白马王子。"

"可怜的家伙,"贾尔斯说,"我看他是爱她爱到发狂了。"

"哦,我不知道……我不应该这么想,真的,不管怎么说,我确定他不会是我们要找的那个阴毒的杀人犯。他一点儿也不符合我想象的凶手的模样。"

"可是你对凶手知之甚少,不是吗,亲爱的?"

"你什么意思?"

"哦……我在想文静的莉兹·玻顿——只不过陪审团说她没作案。还有华莱士,也是个文静的人,陪审团却坚持认为他杀了自己的妻子,不过,经过上诉,这份判决被宣布为无效。还有那个阿姆斯特朗,多少年来,人人都说他是谦逊的人。我才不信杀人犯就一定是些奇怪的人呢。"

"我实在没法相信沃尔特·费恩……"

格温达没说下去。

"怎么样?"

"没什么。"

可是,她想起了第一次提到圣凯瑟琳别墅时,沃尔特·费恩擦眼镜的动作和那奇怪的茫无焦点的目光。

"兴许,"她犹犹豫豫地说,"他的确爱她爱得发狂……"

第十四章　伊迪丝·佩吉特

蒙福德太太的会客厅是个很舒服的房间。里面摆着一张铺了桌布的圆桌，几张老式扶手椅，挨墙放着看起来硬邦邦但弹性很好的沙发。壁炉架上摆着陶瓷狗和其他装饰品，还挂了一幅镶着镜框的彩色肖像画，上面画的是伊丽莎白公主和玛格丽特·罗斯公主。另一面墙上挂着国王的海军制服肖像画，还有蒙福德先生与一群面包师和糖果师的合影，另外还有一幅贝壳水彩画，画上是卡普里岛那片绿得纯粹的大海。还有很多很多别的东西，可没有哪一件称得上美丽或者奢华，但它们在一起的巧妙搭配却让这间客厅显得明朗愉悦。不管什么时候，只要有时间，人们就可以围坐下来，享受一段美好的时光。

蒙福德太太，娘家姓佩吉特，个子矮小，身材圆润，深色头发里夹杂了几缕银灰发丝。她的姐姐伊迪丝·佩吉特，个子高挑，皮肤黝黑，身材瘦削，虽说看起来得有五十来岁了，但几乎没什么白头发。

"真想不到啊，"伊迪丝·佩吉特说道，"小格温妮小姐。你可得原谅我这么称呼你，夫人，但这真是让人一下子就回到了过去。你以前老来厨房找我，要多可爱有多可爱。你经常说'扑掏干'，你老这么说，'扑掏干'。其实你是想说葡萄干——我也不明白你为什么总是说成扑掏干。可你想说的就是葡萄干，我也就给你拿葡萄干,没有核的那种,就怕葡萄核噎着你。"

格温达紧紧盯着她笔直的身形、红润的脸颊和黑黑的眼睛,试着去回忆,去回忆——结果什么也没能想起来。回忆真是件伤脑筋的事。

"要是我能记起来多好啊……"她开口道。

"你不大可能记得住。你那时候太小了。现在好像没有谁愿意去有孩子的家里干活儿了,我没见过谁愿意去。孩子们能给家里带来生气,反正我是这么觉得。就是儿童餐总是有点儿麻烦,不过,要是你能明白我的意思,夫人,那该是保姆的不对,而不是孩子的问题。保姆这活儿很辛苦——端盘子、服侍,没个空闲。你还记得莱昂妮吗,格温妮小姐?请原谅,里德夫人,我该这么称呼你的。"

"莱昂妮?是我的保姆吗?"

"她是个瑞士姑娘,英语说得不大好,为人又敏感。要是莉莉跟她说了什么惹人心烦的话,她就特别爱哭。莉莉是客厅女仆——莉莉·阿博特,她是个鲁莽的姑娘,举止不太稳重。莉莉经常哄着你做游戏,格温妮小姐,就在楼梯那儿玩捉迷藏。"

格温达不由自主地打了个寒战。

楼梯……

然后她突然说道:"我想起来了,那个莉莉。她在猫身上系了个蝴蝶结。"

"瞧瞧,你还真记得!那天是你过生日,都是莉莉的主意,非要给托马斯系个蝴蝶结。于是,她就从巧克力盒子上拿了一条缎带,结果把托马斯弄疯了,跑到花园里,在灌木丛里钻来钻去地蹭,不把那玩意儿蹭掉不罢休。猫可不喜欢被人戏弄。"

"那是只黑白相间的猫。"

"对极了。可怜的老汤米①，抓老鼠是一绝，是个真正的捕鼠高手。"伊迪丝·佩吉特止住话头，清清嗓子，"请见谅，夫人，我跑题了。不过聊天总能把我们带回旧日时光。你是有什么事要问我吧？"

"我很乐意听你聊聊过去的日子，"格温达说，"那正是我想听的。你知道，我是由新西兰的亲戚们带大的，他们肯定没法告诉我关于……关于我父亲和我继母的事。她……她很漂亮，是吧？"

"她呀，非常喜欢你。哦，对了，她常带你去海边，还带着你在花园里玩。她太年轻了，你明白吧，还只是个小姑娘。我老觉得与其说是她哄着你玩，不如说她自己也乐在其中。你看，从某种程度上说，她自己还是个孩子呢。肯尼迪医生，就是她的哥哥，比她大不少岁，而且老爱把自己关起来看书。所以，她不上学的时候，就只能自己玩……"

马普尔小姐正在后面挨着墙坐着，她语气柔和地问：

"你一直都住在迪尔茅斯吗？"

"是啊，夫人。后面山上的那个农场是我父亲的——一直就叫赖兰兹。父亲没有儿子，他去世之后，母亲支撑不起这个农场，就给卖了，在高街那头盘下了一家小饰品店。没错，我一直都住在这里。"

"这么说，住在迪尔茅斯的每个人想必你都认识喽？"

"哦，当然了，这儿以前是个小地方。不过，从我记事起，夏天就总有好多游客来这儿避暑。每年过来的那些人都是安静文雅的好人，可不像现在的这些背包客和大型长途旅游车。那会儿

---

①托马斯的昵称。

来的都是些好人家,年复一年地来,每次都住同一个房间。"

"我想,"贾尔斯说,"海伦·肯尼迪嫁人之前,你就认识她吧?"

"嗯,可以说是知道这么个人,也许还看见过。但得等到我去她家里干活儿之后,才算真正认识她。"

"你觉得她还挺不错的。"马普尔小姐说。

伊迪丝·佩吉特扭过脸来。

"是啊,夫人,就是这么回事。"她的语气里带着点儿逆反的意味,"甭管别人怎么说,我一直认为她是个再好不过的人了。我绝不相信她会做那种事。吓了我一大跳,可真是的。不过,你介不介意我说点儿……"

她突然住了口,用抱歉的眼神飞快地瞥了格温达一眼。

格温达冲动地开口。

"我想听,"她说,"无论你说什么我都不会介意,她又不是我的亲生母亲……"

"这倒也是,夫人。"

"而且你看,我们特别急着想……找到她。她从这儿离开了,而且似乎是踪影全无。我们不知道她现在在什么地方,甚至不知道她是否还在人世。而且有理由……"

她犹豫了一下,贾尔斯飞快地接过了话茬儿:

"有合法的理由。我们不知道要不要去做死亡推定还是……还是什么的。"

"哦,我太理解了,先生。我表姐夫就是失踪了——在到了伊普斯之后——要做死亡推定有一大堆的麻烦事。这让我表姐烦不胜烦。当然了,先生,要是我能告诉你什么有用的事……你们又不是外人。格温达小姐和她的'扑掏干'。你过去这么说话,可太逗了。"

"你太好了。"贾尔斯说,"那么,如果你不介意,我就只管问了。据我所知,哈利迪夫人从家里走得相当突然?"

"是啊,先生。所有人都很吃惊——特别是少校,可怜的人。他完全崩溃了。"

"我想直言不讳地问……你知不知道她是跟哪个男人走的?"

伊迪丝·佩吉特摇了摇头。

"肯尼迪医生也这么问过我——我可不知道。莉莉也不知道。当然了,莱昂妮是个外国人,就更不会知道这种事了。"

"你不知道。"贾尔斯说,"那么能猜猜看吗?这一切已经过去了那么久,没关系的……哪怕全猜错了也无所谓。你肯定有某个怀疑对象。"

"哦,我们是有自己的怀疑……但我要提醒你,这仅仅是怀疑而已。就我个人而言,我什么也没看见过。不过莉莉嘛,我跟你说了,她是个有点儿尖锐的女孩,有自己的想法——而且已经很久了。'记着我的话,'她老这么说,'那家伙看上她了。只要看她倒茶时他看着她的眼神就知道了,而且他的妻子就会狠狠地瞪过去!'"

"明白了。那么,那个……呃……家伙是谁呢?"

"现在我恐怕是记不住他的名字了,先生,毕竟那么多年过去了。是个上尉[①]……埃斯代尔……不,不对……埃默里……也不是。我有印象是个 E 开头的名字,也说不定是 H 开头。是个不太常见的名字。十六年了,我压根儿想也没再想过。那时候,他和他的妻子住在皇家克莱伦斯酒店。"

[①] 伊迪丝·佩吉特把那位客人的军衔和名字都记错了。

"是夏天来避暑的游客吗？"

"是的，不过，我想他……说不定他们俩都是……之前就认识哈利迪夫人。他们来拜访得太频繁了。甭管怎么说，据莉莉讲，他是看上哈利迪夫人了。"

"而他的妻子因此不高兴。"

"是啊，先生……不过我得提醒一句，我从没有一时半刻相信过这里面有什么不规矩的事。到现在，我也还是不知道究竟是怎么回事。"

格温达问道：

"海伦……我继母离开以后，他们还住在……皇家克莱伦斯酒店吗？"

"我记得他们是前后脚离开的，早一天或晚一天……反正几乎就是同时吧，弄得满城风雨。可谁也拿不出确凿证据来。要是那事是真的，那就瞒得太好了。哈利迪夫人的突然出走真是轰动一时。不过大伙儿都说她为人不太庄重——可我从没看见过她有什么轻浮的举止。要是我也那么认为的话，我就不会自愿跟着他们去诺福克了。"

三个人看着她愣了半天，贾尔斯才问道："诺福克？他们那时候打算去诺福克？"

"是的，先生。他们在那儿买了一幢房子。哈利迪夫人跟我说过，就在……这一切发生的三周之前。她问我他们搬家的时候，我愿不愿意跟他们一起走，我说愿意。毕竟，我从来也没离开过迪尔茅斯，我想也许我愿意接受改变——因为我喜欢这家人。"

"我从没听人说过他们在诺福克买了房子。"贾尔斯说。

"哦，你这么说就有意思了，先生，因为哈利迪夫人似乎不愿意让人知道。她让我跟谁也别提起这件事——所以当然我就没提过了。她一直希望离开迪尔茅斯一阵子,催着哈利迪少校离开,可是少校很喜欢这里。我还知道他给圣凯瑟琳别墅当时的主人芬德孙夫人写过信,问她能不能把房子卖给他。可是哈利迪夫人死活不乐意,她似乎变得特别讨厌迪尔茅斯了,几乎是害怕待在这儿。"

伊迪丝的讲述非常自然,可这话一出口,三个人又提高警惕、全神贯注起来。

贾尔斯说:

"你说,她想去诺福克,是不是为了离那个……你想不起名字的那个男人近一点儿?"

伊迪丝·佩吉特一脸愁苦地说:

"哦,就是这样啊,先生,我不愿意去想这件事,一刻也不愿去想。除了我不去想……现在我记起来了……他们是从北方来的,那位夫人和先生。诺森伯兰,我想就是那儿。反正,他们大概是来南方度假的,因为这里的气候非常温和。"

格温达说:"她是在害怕什么事,是吗?还是什么人?我是说我继母。"

"我还真记得一件事……现在你这么一说……"

"嗯?"

"有一天,莉莉来厨房里。她本来是在打扫楼梯的,她说:'嚷上了!'她有时候说话很粗鲁,莉莉就是这样,所以你得原谅我这么转述。

"然后我就问她什么意思,她说太太和先生从花园里回来了,在客厅里,去前厅的那扇门是敞着的,莉莉听见了他们的谈话。

"'我害怕你!'这是哈利迪夫人的原话。

"'而且她的声音也是一听就知道她很害怕。'莉莉这么说,

'我害怕你好长时间了。你是个疯子，不是正常人。滚开，离我远远的。你必须得离我远远的。我太害怕了。我想，我心底里一直都太害怕你了……'

"诸如此类的话……当然了，我现在记不得原话了。但莉莉认为这件事非常严重，所以，这一切发生之后，她……"

伊迪丝·佩吉特死死地闭上了嘴，一种诡异的恐惧神色在她脸上浮现。

"我可不是说，我很肯定……"她开口说，"对不住，夫人，我失言了。"

贾尔斯温和地说：

"请你告诉我们，伊迪丝。这真的很重要，你看，我们应该知道这些事。这些事过去很久很久了，可我们一定得知道。"

"我没法说，我很肯定。"伊迪丝无奈地说。

马普尔小姐问："莉莉不相信的……或者说相信的，是什么？"

伊迪丝·佩吉特抱歉地说：

"莉莉是个老爱胡思乱想的姑娘，我也不能一直视而不见。她老爱去看电影，所以总有一些愚蠢的、不着边际的想法。事发的那个晚上，她就出去看电影了——关键是她还带上了莱昂妮一起去——不应该这么做的，我也这么跟她说过。'哦，没事的，'她说，'又不是把孩子一个人留在房里。你在楼下厨房里，先生和夫人再过会儿就回来了，更何况那孩子只要睡着了就不会半夜醒过来。'可是她不应该这么做，我跟她说了，不过当然了，我后来才知道莱昂妮也去了。要是我知道的话，我准得跑上楼去看她——你，我是说，格温达小姐——那就好了。厨房门上包着台面呢料子，门一关上，就别想听见一丁点儿动静。"

伊迪丝·佩吉特顿了顿，又接着说：

"我那时候在熨衣服。时间过得飞快，肯尼迪医生从房间里出来到厨房找我，我才知道出事了。他问我莉莉在哪儿，我说她晚上下班了，不过现在随时都可以过来。我记得很清楚，就在那时候，她正好回来了。他把她带到楼上夫人的卧室里，问她夫人有没有拿走衣物，拿走了哪几件。于是莉莉就检查了一下，跟他说了情况，然后下楼来找我。她特别亢奋。'她勾搭上了，'她说，'跟人跑了。先生倒了。中风了，还是得上了什么病。不用说，他受的刺激太大了。他可真傻。他早该知道会出这种事。'我说：'话可不能那么说，你怎么知道她是跟人跑了呢？说不定是哪个亲戚生了病给她拍来电报呢。''生个见鬼的病的亲戚，'莉莉说（她说话很粗鲁，我提过的），'她是留了字条的。'我就问：'那她是跟谁走的呢？'莉莉反问我：'你觉得是谁？''不太像索伯赛兹·费恩先生，虽说他老向她献殷勤，像条狗似的在她脚边乱转。'我说，'你觉得是那个上尉——就甭管他叫什么名字了。'于是她说：'我敢打赌就是他，如果不是咱们那位开豪华汽车的神秘人的话。'（那只是我们开过的一个蠢玩笑。）我说：'我可不信。哈利迪夫人不是那种人，做不出这种事。'莉莉说："哼，可她貌似已经这么做了。'

"最开始就是这样。可是后来，在楼上我们的房间里，莉莉把我给弄醒了。'你听我说，'她说，'这事儿不对！'我说：'有什么不对的？'她说：'衣服。'我说：'你念叨什么呢？''你听着，伊迪，'她说，'我检查了她的衣物，医生让查的。少了一个手提箱和足够装满一箱子的东西——可这些东西不对劲儿。'我说：'什么意思？'莉莉说：'她带走了一身晚礼服，银灰相间的那身——可她没拿跟晚礼服配套的腰带、胸罩和吊带衬裙，她带上了金色织锦晚鞋，可没拿有银带的那双。她还带了绿色花呢衣服——那衣服本来是深秋时候才穿的，可她没拿那件高档套头衫，带走的是蕾丝衬衫，那是她搭外出套装时才穿的。哦，还有内衣，带了一大堆。你听我一句，伊迪，'莉莉说，'她压根儿就不是跑了，是先生把她给做掉了！'

"嘿，这一句惊得我彻底醒了，一下子坐起来，问她到底在说什么。

"'就跟《世界新闻》上星期说的一样，'莉莉说，'先生发现她有外遇，就把她给害了，拖到地下室，埋在地板底下。他是在前厅一楼干的，所以你什么声音也甭想听见。这就是他干的事，然后他就收拾了一个手提箱，布置得好像是她离家出走了一样。可是她就在这儿——地下室地底下。她压根儿就没活着走出这幢房子。'我数落她口无遮拦，怎么敢说这么可怕的事。但是我承认，第二天一早，我就偷偷去了地下室。里面的一切和往常没什么不同，没有东西被弄乱，也没有挖掘过的痕迹。于是我就回去了，告诉莉莉她是在自己吓自己，可她非说就是先生做掉了夫人。'记着，'她说，'她对他怕得要命。我听见她这么跟他说过。''就是这一点你说错了，我的姑娘。'我说，'因为那根本就不是先生。就在那天你告诉我以后，我往窗户外面看的时候，先生正好拿着高尔夫球杆从山上走下来，所以跟夫人一起在客厅里的那个人不可能是他，准是别的人。'"

在这间舒舒服服、普普通通的客厅里，蒙福德太太的话久久回响。

贾尔斯屏住呼吸轻轻地说：

"准是别的人……"

第十五章　一个地址

皇家克莱伦斯酒店是镇上历史最悠久的酒店，酒店正面的外立面向外凸出，呈一个饱满圆润的弧形，一派旧式风情。它还在营业，为那些花一个月时间来海边度假的家庭提供餐饮服务。

纳拉科特小姐负责前台接待，这位四十七岁的女士胸脯丰满，梳着旧式发型。

眼光敏锐的纳拉科特小姐一眼就把贾尔斯划入"我们这些好人"的范围，绷紧的弦立刻松了下来。至于贾尔斯，只要他愿意，就能把人哄得团团转，这会儿他就编了一个非常动听的故事：他和他的妻子打了个赌——是关于她教母的——她有没有在十八年前住过皇家克莱伦斯酒店。他的妻子说，他们压根儿没法争出个结论，因为过了那么长时间，过去的客人登记簿肯定都处理掉了。可是他说，胡说，皇家克莱伦斯这样的大酒店会把登记簿保存得好好的，起码能上溯一百年。

"哦，倒也不是，里德先生。不过我们的确会保留旧的访客登记簿——我们一般这么叫它。这里面的名字有些非常有趣。怎么说呢，以前，国王还是威尔士亲王的时候曾来此下榻。过去，荷尔斯泰因－罗茨的爱德尔玛公主每年冬天都会带着侍女到这里来。还有不少非常著名的小说家也来过，哦，还有肖像画家多弗里先生。"

贾尔斯做出一副很感兴趣、肃然起敬的模样，于是他们问及的那个年份的"神圣"名册，很快就被拿出来，任他翻阅。

纳拉科特小姐指给他看了不少星光闪耀的名字，之后他把名册翻到了八月。

是的，确实就在这里，他要找的记录。

> 西顿·厄斯金少校及夫人，安斯特尔庄园，戴斯，诺森伯兰，七月二十七日至八月十七日。

"能允许我把这些抄下来吗？"

"当然可以，里德先生。纸和墨水……哦，你带了笔。不好意思，我得回外面的办公室去了。"

她留下了那本名册，贾尔斯认真地抄了起来。

他回到山腰别墅的时候，格温达正在花园里，在草坪边缘弯着腰。

她直起身，看过来，用眼神询问他。

"运气如何？"

"不错，我想一定是他。"

格温达轻声读道：

"安斯特尔庄园，戴斯，诺森伯兰。没错，伊迪丝·佩吉特说过是诺森伯兰。不知道他们是不是还在那儿住……"

"我们得去看看。"

"是的，是的，最好去一趟……什么时候走？"

"越快越好。明天怎么样？咱们弄辆车子，开车去，你还可以多看看英国的风景。"

"万一他们已经不在人世了……或者搬走了，那里住上了别人呢?"

贾尔斯耸了耸肩膀。

"那我们就回来,再去查别的线索。顺便告诉你,我给肯尼迪写了信,问他能不能把海伦离开以后写来的信寄给我——如果他还留着的话——还要一份她的笔迹样本。"

"我希望,"格温达说,"咱们能联系上其他仆人——莉莉,在托马斯身上系蝴蝶结的那个人。"

"你怎么突然想起了这个,格温达,有点儿意思。"

"是啊,不是吗?我还记得汤米,它是黑白花的,生过三只可爱的小崽。"

"什么?托马斯?"

"哦,我们叫它托马斯——可结果发现它其实是托马西娜①。你知道猫就是那样。可是莉莉——不知道她如今怎么样了。伊迪丝·佩吉特似乎彻底跟她没联系了。她不是这附近的人——离开圣凯瑟琳别墅后,她在托基找了个活儿,来过一两次信,之后就断了联系。伊迪丝听人说她结了婚,但不知道她嫁给了谁。要是能找到她,我们就可能了解到更多的情况。"

"还有莱昂妮,那个瑞士姑娘。"

"也许吧——不过她是个外国人,到底发生了什么事,她不会知道太多。要知道,我一点儿都记不起她了。不,倒是莉莉,我觉得她会有用处的。莉莉是个敏锐的人……我知道,贾尔斯,再登一次广告吧,登一则找她的广告。莉莉·阿博特,这是她的名字。"

"好的,"贾尔斯说,"我们可以试试这个法子。不过明天一定要北上,看一看关于厄斯金,我们能查到什么。"

---

① 托马西娜(Thomasina)是与托马斯(Thomas)对应的女子名。

第十六章　母亲的儿子

"下来，亨利。"费恩夫人对西班牙猎犬下着命令。它呼哧呼哧地喘着气，水汪汪的眼睛闪着渴望的亮光。"再来一块司康饼吗，马普尔小姐？还热着呢？"

"谢谢。这司康饼真好吃，你家厨娘手艺很不错。"

"说真的，路易莎只是不坏罢了。很健忘，厨娘们都这样。她做的布丁永远没新意。跟我说说吧，多萝西·亚德的坐骨神经痛现在怎么样了？她得上了这折磨人的毛病，我估计主要还是因为神经过敏。"

马普尔小姐殷勤地跟她聊起她们共同的朋友的病情。运气真不错，她想，在散居英国各地的诸位亲友里，她设法找到了一位与费恩夫人熟识的女士，于是这位女士给费恩夫人去了信，说有位马普尔小姐眼下正在迪尔茅斯，问亲爱的埃莉诺是否愿意邀她聊聊。

埃莉诺·费恩个子高挑、气度庄严，有着铁灰色的眼睛和雪白的鬓发，皮肤像婴儿般白里透红，让人不禁认为也会像婴儿般柔软嫩滑。

她们讨论了多萝西的病情，或者说是猜测了她的病情。继而又聊起了马普尔小姐的健康状况、迪尔茅斯的天气以及大多数年轻一代不佳的健康状况。

"孩子小的时候不能给他们吃坚硬的面包皮。"费恩夫人断言,"在我家的儿童房里绝对不允许这样。"

"你有不止一个儿子吧?"马普尔小姐问。

"三个。大儿子杰拉尔德住在新加坡,在远东银行工作。罗伯特在军队供职。"费恩夫人冷哼一声,继续说,"他娶了个罗马天主教徒。"这话里另有深意,"你明白这意味着什么!他所有的孩子都会从小信奉天主教。罗伯特的父亲会说什么啊,我都想象不出。我丈夫是个虔诚的低教会信徒。如今罗伯特连封信也不来了。我说过他几句,全是为他好,可他都听不进去。我觉得做人就得实在点儿,怎么想的就怎么说。要我说,他的婚姻就是个巨大的不幸。他可以装作很幸福,这可怜的孩子——可我觉得他的婚姻生活没有一点儿可取之处。"

"我想,你的小儿子没结过婚吧?"

费恩夫人眉开眼笑。

"没有,沃尔特在家里住着。他有点儿娇生惯养——从小就这样——我必须得一直小心翼翼地照顾他的身体——他马上就回来。他特别贴心,特别孝顺,我说都说不完。能有这样的儿子,我真是太幸运了。"

"那他一直就没想过要结婚吗?"马普尔小姐问道。

"沃尔特常说,那些时髦的年轻女人真是烦人得很。他觉得她们一点儿吸引力也没有。他和我有很多相似之处,出门的次数恐怕太少了,他应该多点儿交际的。晚上,他就给我念萨克雷的作品,我们俩还经常玩扑克牌。沃尔特真是个顾家的孩子。"

"那多好啊!"马普尔小姐说,"他一直在这家事务所工作吗?有人说你有个儿子去锡兰种茶了,兴许是他们弄错了。"

费恩夫人眉头微皱,一边以胡桃糕劝客,一边解释:

"他那时候太年轻了,有种年轻人的冲动。男孩子总是盼着出去见世面。事实是,归根到底还是为了个姑娘。女孩子就是这么能惹事。"

"是啊,的确。我有个侄儿,我记得……"

费恩夫人喋喋不休,一点儿也没去听马普尔小姐侄儿的事。她不给马普尔小姐插话的机会,抓紧时机跟多萝西的这位与自己颇有共同语言的朋友追忆往事,颇为享受。

"那是个最不合适的女孩子——事情好像总是这样。哦,我不是说她是个女演员什么的,她是本地医生的妹妹。说真的,她更像是他的女儿,年纪差了不少呢,而那个可怜的男人一点儿也不知道该怎么教养她。男人们都挺没办法的,不是吗?她变得很放荡,起先是和办公室的一个小青年厮混——他只是个职员,后来又找了个也不怎么样的人。他们不得不把他给开除了。不管怎么说吧,我琢磨着,这个姑娘,海伦·肯尼迪,肯定是相当漂亮的。可其实不是。我一直认为她的头发染过。但是沃尔特,这可怜的孩子就爱上她了,还爱得那么深。我说过,她特别不合适,要钱没钱,要前途没前途,谁也不会要这种女孩做儿媳妇。可是,做母亲的还能怎么做呢?沃尔特向她求了婚,被她拒绝了,然后他就有了这个傻念头,要去印度当个茶农。我丈夫就说'让他去吧',可他当然非常失望。他一直盼着让沃尔特进事务所跟着他干,所有法律考试什么的沃尔特都考过了。结果,弄成了这样。说真的,年轻女人就是祸水!"

"嗯,我明白。我侄儿……"

费恩夫人又一次盖过了马普尔小姐的话头。

"就这么着,这个可爱的孩子就去了阿萨姆还是班加罗尔——说真的,过了这么多年,我都不记得了。我觉得特别焦虑，因为我知道他的身体不好，吃不消的。而他到那儿以后不到一年——他干得很好，沃尔特不管做什么都能做得好——你猜怎么着——这个没廉耻的丫头就改主意了，给他写信说又愿意嫁给他了。"

"天哪，天哪。"马普尔小姐摇头。

"她收拾了嫁妆，订好行程——你猜，她又怎么了？"

"我可想不出。"马普尔小姐聚精会神，身子凑过去。

"她跟一个有妇之夫谈情说爱。就是在出国的船上。那是个有三个孩子的已婚男人。不管怎么说，当沃尔特在码头上见到她的时候，她做的第一件事就是跟他说，她还是不能嫁给他。你说，这不是缺德吗？"

"可不是嘛。你儿子对人性的信念说不定会被这件事彻底毁掉。"

"这事应该能让他看清楚她的真面目。可是你看，这种女人就是可以没事儿人似的甩手走人。"

"他有没有……"马普尔小姐犹豫了一下，"恨她？要是换了别人，准得特别生气。"

"沃尔特一向自制力惊人。不管遇上什么事，再烦恼也好，再生气也好，他都绝不会表现出来。"

马普尔小姐思索着盯住她看，然后迟疑地试探了一句：

"说不定，那是因为他把感情埋藏得太深了？孩子们有时候会让人大吃一惊。有些孩子，人们本以为没什么大不了的事，他们却突然爆发出来。只要没到忍无可忍的份儿上，敏感的人一般不会把自己的感情流露出来。"

"啊，没想到你会这么说，马普尔小姐。我记得很清楚。杰拉尔德和罗伯特，你知道，都是火爆脾气，老爱打架。当然了，对于健壮的男孩子们,这是很自然的……"

"哦,是很自然。"

"而亲爱的沃尔特总是既安静又耐心。结果有一天,罗伯特拿了他的模型飞机——是沃尔特自己做的,花了不少时间——他的手指特别灵巧,又不急不躁;而罗伯特,是个活泼可爱的孩子,可毛手毛脚的,就把模型飞机给弄坏了。等我走进教室的时候,罗伯特被按在地上,沃尔特拿着烧火棍打他,都要打坏了……我想尽办法才把沃尔特拉开。他不停地说:'他是故意的……他是故意的!我要杀了他!'你看,我是真被吓着了。男孩子总是爱激动,不是吗?"

"是啊,是这么回事。"马普尔小姐思索沉吟,然后又把话题转了回去。

"所以这桩婚事到底还是没成。那个姑娘后来怎么样了呢?"

"她回家了。返程途中又换了个人谈情说爱,这次终于嫁了。那是个带着个孩子的鳏夫。刚刚丧妻的男人总是女人们的目标——无依无靠、可怜巴巴的家伙。她跟他结了婚,在镇子那头的一座房子里安顿了下来——圣凯瑟琳别墅——就在医院隔壁。可没过多久,当然了……没到一年,她就甩了他,跟别的男人私奔了。"

"天哪,天哪!"马普尔小姐摇头,"幸亏呀,幸亏你儿子没栽在她手里!"

"我也总这么跟他说。"

"他后来放弃了种茶的打算,是因为身体原因吗?"

费恩夫人眉头微皱。

"那种生活其实并不适合他。"她说,"那女孩回来以后差不多六个月,他也回来了。"

"那肯定很尴尬,"马普尔小姐冒昧地说了一句,"要是那女人真的也住在这儿的话……在同一个镇子里……"

"沃尔特很了不起。"沃尔特的母亲说,"他表现得就像什么事也没发生过一样。我私底下这么想——其实当时我也这么说过——断得干干净净才是明智的做法。毕竟,要是真遇见了,他们双方都会尴尬。可是,沃尔特偏不怕麻烦,非要继续和她做朋友。他时常到她家里去做客,不是那种正式的拜访,还陪那孩子玩。顺便提一句,挺古怪的,当年那个孩子现在回到这里来了。如今她也长大了,还有了丈夫。有一天她去了沃尔特的办公室立遗嘱。里德,她现在姓里德。"

"是里德夫妇!我认识他们。那么亲切的一对大大方方的年轻夫妻。真想不到她就是当年的那个孩子……"

"是第一任妻子的孩子。那个死在印度的第一任妻子。可怜的少校——我没记住他的名字……哈尔威……之类的吧——彻底垮了,当那个浪荡女人离开他的时候。为什么最坏的女人总能勾引到最好的男人,真让人没法理解!"

"最开始跟她搅在一起的那个年轻人呢?我记得你说过他是个职员,在你儿子的办公室里工作。他怎么样了?"

"他发展得很不错。如今在做马车旅游的生意。水仙花马车,阿弗利克水仙花马车公司的,漆着鲜黄鲜黄的颜色。现在这世道实在俗不可耐。"

"阿弗利克?"马普尔小姐说。

"杰基·阿弗利克,是个阴险的野心家,我觉得他老想往上爬。说不定这就是为什么他最开始会攀上海伦·肯尼迪。医生的妹妹什么的——大概是以为能提高他的社会地位吧。"

"那这个海伦就再也没回过迪尔茅斯吗?"

"没有。幸好她一去不回了,否则说不定已经彻底堕落了。我替肯尼迪医生感到惋惜,这不是他的过错。他父亲的第二任妻子是个轻浮的玩意儿,比他还要年轻。我想,海伦是遗传了她的放荡血脉。我总认为……"

费恩夫人突然停了下来。

"沃尔特回来了。"做母亲的一下子分辨出了前厅传来的声音。门打开,沃尔特·费恩走进来。

"这是马普尔小姐,儿子。按一下铃,儿子,我们得换点儿新茶。"

"别麻烦了,妈妈。我喝过了。"

"我们当然得换上新茶——还要再来点儿司康饼,比阿特丽斯。"她对过来拿茶壶的客厅女仆说。

"是,夫人。"

沃尔特·费恩脸上慢慢绽开了讨人喜欢的笑容,他说:

"恐怕,我妈妈把我给宠坏了。"

马普尔小姐一边礼貌回应,一边仔细打量他。

一个外貌文雅宁静的人,举止略有点儿羞涩和自卑——无趣的人,毫无个性。女人一般都看不上这种深情的男人,除非她爱上的男人不爱她,才会跟这种男人结婚。沃尔特,就是个永远守候着的男人。可怜的沃尔特、母亲的爱子……用烧火棍打哥哥,还想杀了他的小沃尔特·费恩……

马普尔小姐惊疑不定。

第十七章　理查德·厄斯金

1

安斯特尔庄园一派萧索。这幢白色的房子坐落在一座荒芜的小山上，茂密的灌木丛中间，有一条车道蜿蜒向上。

贾尔斯对格温达说：

"人家要是问起我们为什么到这儿来，可该怎么说呀？"

"不是已经商量好了嘛。"

"是啊——眼下是这么回事。马普尔小姐的表亲的姐姐的姨妈的姐夫还是什么人的在这附近住过，咱们的运气可真不错……可要上门对主人做一次社交性的拜访，这理由是远远不够的，更何况还要问及他过去的风月情事。"

"而且过了这么长时间，说不定……说不定压根儿都不记得她了。"

"也许是不记得了，更也许压根儿就没有过这么一桩情事。"

"贾尔斯，咱们是不是在做蠢事，彻头彻尾的蠢事？"

"我不知道……有时我会这么觉得。我不明白咱们为什么要拿这些事来烦自己。事到如今，这些还有什么关系呢？"

"过了这么久……是啊，我知道……马普尔小姐和肯尼迪医生都说：'离这件事远远的'。我们为什么就不听呢，贾尔斯？是什么让咱们继续查下去,是她吗?"

"她?"

"海伦。这是不是就是我记得的原因?我儿时的记忆是不是她能抓住的唯一纽带,与人世、与真相的……唯一纽带?是不是海伦在利用我……也在利用你……来让真相大白于天下?"

"你是说,因为她死于非命……"

"是啊。有人说——书上这么说——有时他们不能安息……"

"我看你是在胡思乱想,格温达。"

"或许是吧。不管怎么说,我们可以……选择。这只是一次社交性的拜访,没有必要问得太多——除非我们想……"

贾尔斯摇头。

"我们应该继续查下去,除此之外,别无选择。"

"是啊——你说得对。不过,贾尔斯,我想我是被吓坏了……"

2

"你们在找房子,是吗?"厄斯金少校说。

他递给格温达一盘三明治。格温达拿三明治的时候,一直在抬头看他。理查德·厄斯金个子不高,大概五点九英尺左右。他头发灰白,眼神倦怠而又若有所思,嗓音低沉悦耳,说起话来慢条斯理。他身上本没有任何不同寻常之处,可是格温达想,他明显是个很有吸引力的男人……事实上,他远不及沃尔特·费恩相貌英俊,可是大多数女人不会多看费恩一眼,却会愿意为厄斯金停留。费恩毫无特点,而厄斯金,尽管沉静,却很有个性。

他用普普通通的语气谈论些平平常常的事,可这里面就是有什么东西在——能让女人们很快地察觉到,并且报以很有女人味的回应。几乎是在不知不觉之间,格温达就理了理自己的裙摆,调整了一下鬓边的鬈发,又润了润唇色。十九年前,海伦·肯尼迪很可能爱上这个男人。格温达相当确信这一点。

她抬起头,发现女主人的目光完全落在自己身上,不由得面红耳赤。厄斯金夫人本是在与贾尔斯聊天,却一直盯着格温达,又是打量,又是猜疑。珍妮特·厄斯金个子高高的,嗓音低沉——几乎像男子一样低沉,身材健壮得像个运动员,身上穿的斜纹呢衣服剪裁得体,上面有几个大口袋。她看起来要比她丈夫更苍老,不过,格温达断定,事实很可能并非如此。她的面容憔悴枯槁。一个看不到幸福、得不到满足的女人,格温达这么想着。

"我敢打赌,她准会让他如堕地狱。"格温达在心底这么说。

她继续高谈阔论。

"找房子真是太让人受打击了。"她说,"房屋经纪人总是描述得天花乱坠——可是,等你去看了之后,那地方总是糟得让人无语。"

"你们是考虑在这附近定居吗?"

"哦……这附近是我们考虑的几个选择之一。真的,因为这里邻近哈德良长城。贾尔斯一直对哈德良长城心驰神往。你看,我知道这事听着挺奇怪,可是英国任何地方对我们来说都没什么不同。我的家乡是新西兰,在这边没什么牵绊。而贾尔斯每个假期会去不同的姑姑婶婶家住,所以也不会对什么地方有特别的感情。我们唯一考虑的就是别离伦敦太近了。我们想要的是真正的乡村。"

厄斯金笑了起来:

"你会发现这附近就是真正的乡村,完全与世隔绝。我们的邻居很少,彼此相隔又远。"

格温达觉得自己在那愉快的话音里,察觉到了一种深藏的绝望与苍凉。她眼前闪过了一幅孤寂的生活图景——冬季短暂阴郁的日子,烟囱里传来风的尖声厉啸——帘幕低垂——禁锢——与那个看不到幸福、得不到满足的女人禁锢在一起——邻居很少,相隔又远。

那幅景象消散了,夏天回归,通向花园的法式落地窗敞开着,玫瑰花的香气和夏日的声响阵阵传来。

她说:

"这房子可有些年头了,是吧?"

厄斯金点点头:"安妮女王时代建的。我们家族在这里住了将近三百年了。"

"这幢房子可真好。你肯定为它感到骄傲。"

"现如今已经败落了。苛捐杂税弄得人没有余力好好维护。不过,现在孩子们已经独立走上社会了,最困难的时期已经过去了。"

"你有几个孩子?"

"两个男孩。一个在军队服役,另一个刚从牛津毕业,马上要进一家出版公司工作。"

他看了一眼壁炉架,格温达也跟着看过去。那儿摆着一幅两个孩子的合影——估计有十八九岁,她断定这是几年前照的。

"不是我自夸,他们可都是棒小伙。"他说,骄傲与慈爱之情溢于言表。

"他们长得太漂亮了。"格温达说。

"是啊。"厄斯金说,"我想这一切都值得了,真的——我是说为自己的孩子做出牺牲。"见格温达疑惑地看过来,他又补充了一句。

"我猜……经常是……要付出不小的代价,"格温达说,"代价有时候会非常非常大……"

再一次,格温达看到了一种深藏的晦暗,但厄斯金夫人打破了这种氛围,她用低沉威严的嗓音说道:

"你们真的打算在这一带找房子吗?我恐怕不知道这附近有什么合适的地方。"

"你就算知道也不会告诉我的!"格温达怀着一种恶作剧的心理这么想,"那个愚蠢的老女人实际上是嫉妒了。"她寻思着,"因为我在跟她丈夫聊天,因为我青春貌美,她就嫉妒了!"

"那得看你着不着急了。"厄斯金说。

"一点儿也不急。"贾尔斯愉快地说,"我们想要确保能找到真正喜欢的地方。眼下我们已经在迪尔茅斯找了一幢房子——就在南部海岸。"

厄斯金少校从茶桌旁走开,从靠窗的桌子上拿起一个烟盒。

"迪尔茅斯。"厄斯金夫人说道,语气死板,眼睛盯着她丈夫的后脑勺。

"是个很漂亮的小地方。"贾尔斯说,"你听说过那儿吗?"

所有人都沉默了,过了一会儿,厄斯金夫人才开口,语气还是那样干巴巴的。"我们在那里住过几周,在一个夏天——那是好多好多年以前的事了。我们不怎么喜欢那里——觉得那里的生活太让人懒散了。"

"没错,"格温达说,"我们也这么觉得。贾尔斯和我偏爱凉快清爽的空气。"

厄斯金拿着香烟回来,把烟盒递给格温达。

"你们会发现这一带足够凉爽。"他说道,语声萧索。

格温达抬起头来,看了正给她点烟的厄斯金一眼。

"你对迪尔茅斯印象深吗?"她直愣愣地问道。

他的嘴唇颤抖了起来,她猜是痛苦使他突然抽搐。

他用一种含混不清的声音回答:

"印象很深,我想。我们住在……我想想……在皇家乔治……不,是皇家克莱伦斯酒店。"

"哦,是了,是那家挺漂亮的旧式酒店。我们的房子离那儿很近,叫山腰别墅,以前叫圣……圣……玛丽别墅,是吧,贾尔斯?"

"是圣凯瑟琳别墅。"贾尔斯说。

这一次,他们的反应再不可能使人误会。厄斯金猛地转过身,厄斯金夫人的杯子重重地磕在杯托上。

"也许,"她突兀地说,"你们愿意去花园里逛逛。"

"哦,好啊,请吧。"

他们穿过法式落地窗走进花园。这是一个受到精心照顾的花园,种着不少花木,界墙和石子路建得很长。照顾花园主要是厄斯金少校的活儿,格温达如是猜想。说着玫瑰,说着草本植物,厄斯金原本晦暗哀伤的脸上有了光彩。园艺显然是他投注了很大热情的爱好。

他们终于告辞。驱车离开以后,贾尔斯犹犹豫豫地问:

"你……你丢下了吗?"

格温达点了点头。

"就在第二丛飞燕草旁边。"她垂头看着自己的手,心不在焉地转着手上的结婚戒指。

"万一真找不回来了怎么办?"

"嗨，又不是真的订婚戒指。我可不会拿那个去冒险。"

"你这么说，我可真高兴。"

"我对那枚戒指很有感情。还记得你把它戴在我手指上的时候说过什么吗？选择翠绿的祖母绿，是因为我是一只勾人的绿眼睛小猫咪。"

"我得说，"贾尔斯一本正经地说，"咱们这种特殊的示爱方式要是被有些人听见了，可能会觉得很奇怪，比如说马普尔小姐这代人。"

"真想知道她这会儿在干什么呢，这个可爱的老太太。坐在海边晒太阳？"

"准是忙着呢——要是我对她的了解不错的话。这里打听打听，那边打探打探，或者找人问些问题。但愿这几天她问得可别多得太过分。"

"这么做还是挺自然的——我的意思是，对一位老太太来说，不像咱们去做那么惹人注意。"

贾尔斯的脸色又严肃了起来。

"所以我不愿意……"他没再继续说下去，换了个说法，"我过意不去的就是你不得不去做这件事。我在家里坐着，却让你出去干那种脏活儿，这种感觉我可真受不了。"

格温达用一根手指刮了刮他满是担忧的面颊。

"我都明白，亲爱的，我都明白。可你必须承认，做这种事很讲究技巧。对着一个男人盘问他早年的风流韵事，是冒犯之举。不过由一个女人来做，就恰恰可以化解这种冒犯——只要她是个聪明的女人。"

"我知道你很聪明。可万一厄斯金就是我们在找的那个凶手……"

格温达沉吟道:"我认为他不是。"

"你是说我们误入歧途了?"

"也不全是。我想他是爱过海伦没错。不过,他是个好人,贾尔斯,很好的人,绝不是会掐死别人的那种人。"

"你对会掐死别人的那种人也没有太多了解,不是吗,格温达?"

"是的。不过,我有女人的直觉。"

"我看你这话可是被扼杀的受害人的口吻。不开玩笑了,格温达,你一定要小心,好不好?"

"当然。我真为这个可怜的男人感到遗憾——因为那个恶龙般的妻子。我敢打赌,他的日子一准儿过得很惨。"

"她是个奇怪的女人……让人莫名感到十分忧惧。"

"是啊,相当乖戾。你看见她一直盯着我看的眼神了吗?"

"真希望咱们的计划能顺利进行。"

3

第二天早上,他们按照计划开始行动。

贾尔斯,用他自己的话说,很像是为一桩离婚诉讼而负责跟踪的侦探。他在一个能俯瞰安斯特尔庄园大门口的好地方找到了位置。大约十一点半的时候,他向格温达报告说一切正常,厄斯金夫人乘着一辆小型奥斯汀汽车出门了,显然是去了三英里以外的镇上集市,可以行动了。

格温达把车停到前门处,按响了门铃。她先求见厄斯金夫人,被告知她出去了。然后又求见厄斯金少校。厄斯金少校在花园里。格温达走过来的时候,他停下整理花坛的活计,站起身来。

"真抱歉,打扰了。"格温达说,"不过我昨天好像把戒指给掉在这儿了。我们喝完茶出来的时候我还戴着呢。它很松了,要是弄丢了我可真受不了,因为它是我的订婚戒指。"

很快,寻找开始。格温达重走了一遍她昨天走过的路,努力回想她在哪里停下过,碰过哪些花。不一会儿,戒指就在一大丛飞燕草旁边现身了。格温达大大地松了一口气。

"现在,我可以请你喝一杯吗,里德夫人?啤酒如何?还是来杯雪利酒?或者你想来杯咖啡还是别的什么?"

"什么都不用了——不,真的。来一支香烟就好——谢谢。"

她在长椅上坐下来,厄斯金坐到了她的身边。

他们沉默地抽了一会儿烟。格温达的心跳得飞快。别无选择了,她不得不冒这个险。

"我想找你问点儿事,"她说,"你也许会认为这根本就不关我的事。可我迫切地想知道——而你很可能是唯一能为我解惑的人。我知道你曾经爱过我的继母。"

他一脸震惊地扭头看向格温达。

"你的继母?"

"是的。海伦·肯尼迪。后来成了海伦·哈利迪。"

"我知道了。"坐在她身旁的男人非常平静。他的目光落在日光下的草坪上,指间的香烟寸寸成灰。他面上平静如常,格温达却能感受到那绷紧的身躯里的骚动——他的胳膊触碰到了她的胳膊。

仿若自问自答,厄斯金说:

"那些信,我猜。"

格温达没说话。

"我没给她写过几封信——两封，或者是三封。她说她已经销毁了——可是女人从来不会销毁信件，不是吗？于是这些信就落到了你的手里，你就想知道内情。"

"我想了解更多她的情况。我以前……非常喜欢她。虽说那时我还那么小，她……出走的时候。"

"她出走了？"

"你不知道？"

他的目光中带着毫不作伪的惊讶，与她的视线触到了一起。

"我再也没得到过她的消息，"他说，"自从……自从迪尔茅斯的那个夏天。"

"这么说，你不知道她眼下在什么地方？"

"我怎么会知道呢？那是好多年以前的事了——好多年了。一切都结束了。忘了。"

"忘了？"

他笑了，笑容苦涩。

"不，也许没忘……你很敏锐，里德夫人。不过，跟我说说她的事吧。她没有……死，是吧？"

一阵小阴风突然吹过来，他们的脖子冷飕飕的，随即又消失无踪。

"我不知道她是生是死。"格温达说，"我不知道她的任何情况。我想也许你会知道。"

他摇了摇头，于是她继续说："你看，那个夏天她就离开了迪尔茅斯，在一个晚上，非常突然，没告诉任何人，而且一去不回。"

"你以为我得到过她的消息？"

"是的。"

他摇了摇头。

"没有。一个字也没有。不过,她的哥哥——那个医生——肯定住在迪尔茅斯。他一定知道。还是,他也死了?"

"不。他还在世。可他也不知道。你知道……大家都认为她是私奔了……和某个人。"

他扭过头来看她,眼中是深深的哀伤。

"他们认为她是和我私奔了?"

"哦,是有这种可能。"

"有这种可能?我不这么认为。绝不可能。难道我们是傻子吗——放弃获得幸福的机会、彻头彻尾的大傻子?

"也许,你最好听听这件事。其实也没有多少好听的。不过我不希望你误解海伦。我们是在去印度的船上认识的。我的一个孩子生病了,所以我妻子坐了下一班船。海伦那时是要去伍兹还是弗瑞斯兹①还是什么地方和一个男人结婚。她并不爱他。他不过是个老朋友,既英俊又善良,而她想逃离那个让她不快乐的家。结果我们相爱了。"

他顿了顿。

"直截了当地说吧。我们之间可不是——我希望表达得非常明确——那种船上结下的风流债。我们是认真的。我们俩都……哦……要死要活的。可什么事都没有发生。我不能丢下珍妮特和孩子们,海伦也这么想。要是只有珍妮特……可还有孩子。根本就没有任何希望。我们同意互道珍重,并且努力相忘。"

他大笑,笑声短暂干涩。

"相忘?我从没忘过她——自那一刻以后。生活不过是个活

---

①原文为 Woods(树木)和 Forests(森林)。

地狱罢了。我没法不去想念海伦。

"嗯,她出国本来是要和一个小伙子结婚的,可她没嫁给那个人。到了最后一刻,她觉得没法面对这桩婚事。她回了英国,在返程的路上邂逅了另一个男人——你的父亲,我猜。两个月以后,她给我写了信,告知她的近况。她说,丧妻之痛让他郁郁寡欢,而且他还有个孩子。她认为她可以给他幸福,而那是她能做的最好的事。信是从迪尔茅斯寄来的。差不多八个月之后,我父亲去世了,我就到这儿来了。我递交了辞呈,返回英国。我们得过几周才能住进来,所以想先去度个假。我妻子提议去迪尔茅斯。朋友们提过那儿,说是个又漂亮又安静的地方。当然,她不知道海伦的事。你能想象那种诱惑吗?去看看她,去看看她嫁了个什么样的男人。"

沉默了一会儿,厄斯金继续说:

"我们来到皇家克莱伦斯酒店住下。这是个错误。再次见到海伦令我如堕地狱……总的来说,她似乎足够幸福……我不知道她是否还在乎,还是已经无所谓了……也许她已经走出来了。我想,我的妻子起了猜疑……她是个嫉妒心很重的女人,一直如此。"

他突兀地加了一句:"这就是所有的一切了。我们离开迪尔茅斯……"

"在八月十七日。"格温达说。

"是这个日子吗?可能吧。我记不清了。"

"是个星期六。"格温达说。

"对,你说得没错。我记得珍妮特说那天去北边的话人会很拥挤……可我不觉得那天是……"

"请你尽量回忆一下,厄斯金少校。你最后一次看见我继母海伦,是什么时候?"

他笑了,笑容温和而又倦怠。

"我不用费力去回忆。我在离开前的傍晚见过她,就在海滩上。我吃完饭后去散步,看到她在那里。当时没有别人在。我和她向她家走去。我们穿过花园……"

"那是什么时候?"

"我不知道……大概是九点吧。"

"然后你们就道别了吗?"

"然后我们就道别了。"他再次笑了起来,"哦,可不是你想象的那种道别场面,非常草率、匆忙。海伦说:'请立刻离开。快走。我宁可不……'她顿了一下……然后我……我就走了。"

"回酒店了?"

"是的,是的,最后是回去了。之前我走了很长一段路——是往乡下去的。"

格温达说:"要想起确切的日期的确很难……毕竟过了这么多年。不过,我认为就是在那天夜里,她出走了……而且再也没有回来。"

"我明白了。因为我和我妻子第二天就离开了,所以人们就议论纷纷,说她是跟我私奔了。人们的想法真有意思。"

"不管怎么样吧,"格温达直白地说,"她不是跟你走了?"

"天哪!没有。绝对没有这种事。"

"那你为什么会认为,"格温达说,"她是走了呢?"

厄斯金的眉头皱了起来。他的态度变了,变得饶有兴味。

"我明白。"他说,"这是有点儿问题,她没有……呃……留下任何解释吗?"

格温达考虑了一下,按照自己的直觉说:"我想,她没留下什么话。你认为她是和别的人私奔了吗?"

"不,当然不是。"

"你好像很确定。"

"我确定。"

"那么她为什么会离开呢?"

"如果她出走……走得那么突然……那我只能看出一个理由:她是在躲着我。"

"躲着你?"

"是的,也许她是害怕我会想办法再去见她——怕我会继续纠缠。她肯定看得出我依然……为她痴狂……是的,一定是这样。"

"这没法解释,"格温达说,"她为什么再也没回来。告诉我,关于我父亲,海伦有没有跟你说过什么,比如她很担心他,或者……或者害怕他,或者类似的事?"

"害怕他?为什么?哦,我知道了,你是觉得他可能会嫉妒。他是一个嫉妒心重的男人吗?"

"我不知道。他去世的时候,我还是个孩子。"

"哦,明白了。没有……回想起来……他一直表现得正常而愉快。他很喜欢海伦,为她而骄傲——再没别的了。不,我才是那个嫉妒他的人。"

"在你看来,他们在一起是真的很幸福吗?"

"是的,的确。看到这一幕,我很高兴——然而同时也很心痛……不,海伦从来没和我谈论过他。正如我跟你说的,我们极少独处,也从没分享过秘密。不过,现在既然你提起来了,我确实记得我感到海伦心存忧虑……"

"忧虑?"

"是的。我想可能是因为我妻子……"他突然住口,"不止如此。"

他再次看向格温达,目光锐利。

"她在害怕她的丈夫吗?他嫉妒那个令她心有所系的男人吗?"

"你似乎不这么认为。"

"嫉妒心是一种非常诡异的东西。有时候,它会把自己藏起来,让你永远也不会去疑心。"他猛地打了个冷战,"但它可以是非常恐怖的……非常恐怖……"

"我想知道的另外一件事……"格温达没说完。

一辆汽车驶上了车道。厄斯金少校说:"啊,我妻子购物回来了。"

实际上就在那么一瞬间,他就变成了另外一个人。他语气从容但呆板,他把脸板得死死的,可一阵轻微的战栗暴露了他的紧张。

厄斯金夫人大踏步地转过屋角。

她的丈夫向她迎过去。

"昨天里德夫人把一枚戒指掉在了花园里。"他说。

厄斯金夫人直愣愣地说:"是真的吗?"

"早上好,"格温达说,"是的,很幸运,我找到了。"

"那可真幸运。"

"哦,是啊。要是弄没了,我准得懊恼得要命。嗯,我真得走了。"

厄斯金夫人一言不发。厄斯金少校说:"我送你到车上。"

他起身跟在格温达后面,顺着草坪往前走。他妻子尖厉的声音传了过来。

"理查德。如果里德夫人见谅,有个非常重要的电话……"

格温达赶忙说:"哦,当然没关系。请回吧。"

她顺着草坪飞快地跑开,转到房子另一边的车道上。

然后她停下脚步。厄斯金夫人的车子停得很歪,格温达觉得自己没法把车子开出来驶下车道。她犹豫了一下,然后慢慢地顺着草坪原路返回。

刚刚靠近法式落地窗,她就猛地站住了。厄斯金夫人那低沉响亮的声音清清楚楚地钻进了她的耳朵。

"你说什么都没用。这是你安排好的——昨天安排的。你定好了计划让那个姑娘趁着我去戴斯的工夫过来。你总是那样——无论哪个漂亮姑娘。我忍不下去了,我告诉你。我忍不下去了。"

接着是厄斯金的声音,语调沉静,近乎绝望。

"有时候,珍妮特,我真的觉得你是疯了。"

"疯的那个不是我,是你!你见了女人就不撒手。"

"你知道不是那么回事,珍妮特。"

"就是那么回事!甚至很久以前,这个姑娘来的那个地方——迪尔茅斯。你敢跟我说你没爱过那个姓哈利迪的黄头发女人吗?"

"你就什么也忘不掉吗?为什么非得反复絮叨这些事呢?你压根儿就是在刺激你自己……"

"就是你!你伤我的心……我忍不下去了,我告诉你!我忍不下去了!你计划着去约会!在我背后嘲笑我!你不在乎我……你从没在乎过我。我不活了!我从这悬崖上跳下去……我宁愿去死……"

"珍妮特……珍妮特……看在上帝分上……"

低沉的声音戛然而止,惊天动地的哭号声在夏季的空气中弥散。

格温达蹑手蹑脚地走开，再次转回到车道上。她思索了一会儿，然后按响了前门的门铃。

"请问，"她说，"有谁能……呃……挪一下这辆车。我觉得我出不去了。"

仆人走进房里。很快就有一个男人从原先的马厩院子里拐出来，提了提帽子向格温达致意，钻进奥斯汀汽车，把它开进了院子里。格温达坐进她的汽车，飞快地开回酒店，贾尔斯正在那里等她。

"你去了这么长时间，"贾尔斯跟她打招呼，"有什么收获吗？"

"有。现在我全明白了。这事真是可悲。他深爱着海伦。"

她把早上发生的事跟他说了一遍。

"我真的认为，"最后她说，"厄斯金夫人是有点儿疯了。她说话神神道道的。我现在知道他说的嫉妒心是什么意思了。那种感觉一定相当可怕。不管怎么样，我们现在知道了，厄斯金不是那个跟海伦私奔的男人。至于她的死，他也一无所知。那天晚上他离开她的时候，她还活着。"

"是的，"贾尔斯说，"至少……那是他的说法。"

格温达一脸气鼓鼓的样子。

"那，"贾尔斯说，"是他的说法。"

第十八章　旋花

法式落地窗外的草坪上,马普尔小姐弯着腰清理危害花园的旋花。她只获得了小小的胜利,因为地下总还有残存的旋花根系。不过那丛飞燕草至少暂时得救了。

科克尔太太出现在客厅窗前。

"打扰了,夫人,肯尼迪医生来访。他急于知道里德夫妇何时回来。我告诉他我判断不出确切的时间,但你可能知道。我可以请他从屋里出来,到这儿来吗?"

"哦,哦。可以。劳驾了,科克尔太太。"

很快,科克尔太太便带着肯尼迪医生再次出现。

带着相当紧张的情绪,马普尔小姐做了自我介绍。

"……所以我和亲爱的格温达安排好了,她不在家的时候,我就过来除除草。你明白,我觉得我那对年轻的朋友雇的兼职花匠福斯特是在糊弄他们。一个星期来两次,茶没少喝,话没少说,可是……依我所见,没干多少活儿。"

"是啊,"肯尼迪医生心不在焉地说,"没错,这些人全都是一个样……都一样。"

马普尔小姐打量着他。他不年轻了,比她听了里德夫妇的描述后所想象的更老。这是未老先衰,她猜想。他的神色也显得既焦虑又愁闷。他站在那里,手指摩挲着凌厉的下颌线。

"他们出门了,"他说,"你知道要去多久吗?"

"哦,不会很久。他们是去了英国北部探望朋友。依我看,年轻人就是这么不老实,总是东奔西跑的。"

"是的,"肯尼迪医生说,"是的……正是如此。"

他顿了顿,然后迟疑地说:"小贾尔斯·里德给我写了信,问我要一些文件……呃……信件,如果我还找得到的话。"

他犹豫了一下,马普尔小姐平静地说:

"是你妹妹的信?"

一道敏锐的目光飞快地向她射去。

"这么说,他们很信任你,是吗?你们是亲戚?"

"只是朋友,"马普尔小姐说,"我已尽力规劝他们了。可是人们很少听劝……真遗憾,也许吧,可是有……"

"你是怎么劝他们的?"他好奇地问。

"让沉睡的谋杀案继续沉睡。"马普尔小姐坚定地说。

肯尼迪医生在硬邦邦的粗木凳子上重重地坐下。

"这主意不坏。"他说,"我很喜欢格温妮。她从前就是个好孩子。我可以肯定她现在长大成了一个好女人。我怕她会惹来麻烦。"

"可麻烦也分好多种。"马普尔小姐说。

"呃?是的……是的……一点儿没错。"

他叹了口气,然后说道:

"贾尔斯·里德写信问我,能否把我妹妹离开之后写来的信给他——而且还要一份能认定是出自她手笔的字迹样本。"他锐利的目光射向她,"你明白这是什么意思吧?"

马普尔小姐点点头:"明白。"

"他们又回到了原先的那个想法,认为凯尔文·哈利迪说自已掐死了妻子,是千真万确。他们认为我妹妹海伦出走以后写来的信根本就不是她亲笔写的——是伪造的。他们认为她根本就没有活着离开那幢房子。"

马普尔小姐柔声说:"现如今,你对自己的看法已经不是非常肯定了?"

"那时候我是很肯定的。"肯尼迪仍然盯着前方,"这事看起来一清二楚,纯粹是凯尔文的幻觉。没有什么尸体,一个手提箱和一些衣物被拿走了——我还能怎么想呢?"

"而你妹妹已经……在那阵子……相当……嗯哼……"马普尔小姐饶有深意地咳了一声,"对某位绅士感兴趣?"

肯尼迪看看她,目光里是深深的痛楚。

"我爱我的妹妹,"他说,"可我必须承认,她身边总有男人。是有这种女人——她们没法自控。"

"那时候你似乎很清楚,"马普尔小姐说,"可是现在似乎又不那么清楚了。这是为什么?"

"因为,"肯尼迪直白地说,"要是海伦好好地活着,却这么多年都不跟我联系,对我来说这简直不可思议。同样,要是海伦死了,却没人告诉我,也相当奇怪。哦……"

他站起身,从口袋里拿出一个小包。

"我已经尽力找了,可我接到的第一封信肯定是给毁掉了,怎么也找不到。不过第二封信我留着呢——地址留的是留局自取的那封。另外,用来作比对的话,这是我能找到的唯一一点儿海伦的笔迹,是一张列着球茎等植物的单子,她预备要种下的,是她下的订单的副本。依我说,订单上的笔迹和信上的看起来很相似,不过我并不是这方面的专家。我把这些留在这里,等贾尔斯和格温达回来就能看到了。大概没必要转寄吧?"

"没必要，我相信他们明天应该就会回来了……或者后天。"

医生点点头。他站着不动，看着草坪，目光依旧空茫。突然，他说：

"你知道我在担心什么吗？如果凯尔文·哈利迪真的杀了他的妻子，他一定把尸体藏起来了，或者用某种方法处理掉了。那就意味着——我不知道还能有什么其他的可能性——他对我说的是一个精心编造的故事——他事先藏好了一个装满了衣物的手提箱，以制造海伦出走的假象，他甚至还安排了从国外寄来的信件……这意味着，事实上，这就是一桩有预谋的冷血谋杀案。小格温妮是个好孩子。对她来说，有一个妄想狂父亲已够糟了，可是，一个蓄意谋杀犯做父亲，就更要糟上十倍。"

他摇摇晃晃地走向敞开的落地窗。马普尔小姐飞快地问了一个问题，使准备离开的医生停住了脚步。

"你妹妹害怕的那个人是谁，肯尼迪医生？"

他转回身来盯着她。

"害怕？没有谁，据我所知。"

"我只是想知道……要是我问得冒昧了，还请见谅——有一个年轻的男人，是吧？我是说有某种瓜葛——在她很年轻的时候。有个叫阿弗利克的。"

"哦，你在说那件事。大多数女孩都做过的傻事罢了。对方是个和她并不般配的年轻小伙子，满肚子坏水——当然跟她不是一个阶层的人，根本不在一个阶层。后来他在这里惹上了麻烦。"

"我只是在想，他会不会……想报复。"

肯尼迪医生不以为然地笑了。

"哦，我认为他们没有很深的感情。无论如何，我已经说了，他惹上了麻烦，永远离开了这里。"

"是哪种麻烦呢?"

"哦,不是犯罪,只是言行不慎,泄露了雇主的事务。"

"他的雇主是沃尔特·费恩先生吧?"

肯尼迪医生看起来微微吃惊。

"是的……是的……现在你这么一说,我就想起来了,的确,他是在费恩和沃奇曼律师事务所工作。不是助理律师,只是普通职员。"

只是普通职员?肯尼迪医生离开以后,马普尔小姐重新弯下腰去清理旋花,心里疑惑不已。

第十九章　金博尔先生的话

"我不知道，我肯定。"金博尔太太说。

出于愤怒，她的丈夫居然开口了。

他使劲把杯子往前一推。

"想什么呢，莉莉！"他命令道，"没糖！"

金博尔太太连忙抚平他的怒气，然后继续就自己的话题喋喋不休。

"在想这个广告。"她说，"莉莉·阿博特，这上面说得明明白白。还有'迪尔茅斯圣凯瑟琳别墅之前家庭客厅女仆'。就是我，没错。"

"呃。"金博尔先生表示同意。

"这么多年了——你必须认同我的看法，这事很奇怪，吉姆。"

"呃。"金博尔先生说。

"哦，我该怎么办呢，吉姆？"

"别搭理。"

"万一有油水呢？"

金博尔先生咕嘟咕嘟地喝着杯子里的茶，好为即将开始的长篇大论积蓄精神力量。他把杯子推开，简洁地说了句"还要"作为开场白。然后，他开始了。

"圣凯瑟琳别墅里发生的事，你已经一口气说过太多了。我一点儿也不关心——估计主要是蠢话,是些妇道人家的闲言碎语。也或许不是,或许确实发生了什么事。如果是那样,那就是警察的事了,你不会希望自己卷进去的。一切都结束了,完事了,不是吗?别去搭理它,我的姑娘。"

"说得倒好。说不定有遗嘱留了钱给我呢。说不定是哈利迪夫人一直活着,现在她死了,在遗嘱里留了东西给我。"

"她在遗嘱里留东西给你?凭什么?呃!"金博尔先生说,又用起了他挚爱的单音节词来表示轻蔑。

"就算是警察……你明白,吉姆,不管是谁,只要能提供抓捕杀人犯的线索,有时是能得到大笔奖金的。"

"那你能提供什么呢?你知道的那些事,都是你自己脑子里头瞎编出来的!"

"那是你这么说。可我一直认为……"

"呃。"金博尔先生厌烦地说。

"哦,我是在琢磨,自从看到报上登的第一则广告我就一直在琢磨。或许我弄错了。那个莱昂妮,他们这些外国人都傻呆呆的,没法准确理解你话里的意思——而且她的英语又差得要命。万一她说的不是我理解的那个意思……我一直在试着回想那个男人的名字……现在,如果她看见的就是他……还记得我跟你说过的那部电影吗?《秘密情人》,太刺激了。他们通过他的汽车追查到底。那天晚上他去加过油,于是就给了加油工五万美元封口费。折合成英镑不知道是多少……另一个人也在那儿,那个丈夫嫉妒得发疯。为她发狂,他们都是。到了最后……"

金博尔先生把椅子往后一推,发出刺耳的声音。他缓慢、沉稳地站起身来,透着一股威严的气势,离开厨房之前,他发出了最后通牒——这个不善言辞的男人所下的最后通牒,居然相当明智。"你,别搭理这事,我的姑娘。"他说,"否则,你很可能会后悔!"

他走进洗涤室,穿上靴子(莉莉特别在意她的厨房地板),然后出门了。

莉莉在桌子旁边坐下,愚钝的小脑袋琢磨着这些事。当然,她不能完全反对丈夫的话,可是尽管如此……吉姆既顽固又死板。她希望能有其他什么人可以去问一问——某个了解奖金、警察和这件事意味着什么的人。失去这个赚大钱的机会太可惜了。

收音机……家用烫发器……拉塞尔时装店里那件樱红色的大衣(永远那么时髦)……甚至,说不定,可以给客厅添上一套詹姆士一世时代式样的家具……

渴望、贪婪、短视,她做起了白日梦……多年以前,莱昂妮究竟是怎么说的?

然后,她想到了一个主意。于是站起身来,取过一瓶墨水、一支钢笔和一沓信纸。

"我知道怎么做了。"她对自己说,"我要给那个医生,哈利迪夫人的哥哥写信。他会告诉我应该怎么做——只要他还活着。就这么办。不管怎么说,没告诉他莱昂妮的事,也没说汽车的事,也真有点儿良心不安。"

一时之间,鸦雀无声,只有莉莉的钢笔尖用力划过纸页的沙沙声。她平日极少写信,这时才发现遣词用句相当费神。

不过,最后还是写完了。她把信放入信封,粘好封口。

可是她还是不太满意,觉得医生十有八九已经过世了或者离开迪尔茅斯了。

还有其他人吗?

那么,那个家伙的名字,是什么呢?

只要她能记起那个……

第二十章　海伦姑娘

从诺森伯兰回来后的第二天早上，贾尔斯和格温达刚刚吃完早餐，就有人来通报说马普尔小姐来了。她一进门就连连致歉。

"恐怕我是来得太早了。我一般不会这么做，不过，有些事我得解释解释。"

"我们很高兴见到你，"贾尔斯说着，帮她拉出一把椅子，"喝杯咖啡吧。"

"哦，不，不，谢谢了——什么也不用，我吃过早餐了。现在，听我说。你们出门的时候我来过，因为你们说过我可以来除除草……"

"你真是个天使。"格温达说。

"而且，我确实发现，要照料这个花园，花匠每周只来两天可不太够。不管怎么说，我都认为福斯特是在占你们的便宜。一直在喝茶，一直在闲聊。我看他是没法再多抽出一天过来，所以就自作主张另外雇了一个，每周来一天——星期三——实际上，就是今天。"

贾尔斯奇怪地看着她，有点儿惊讶。尽管是一片好心，但马普尔小姐这事做得——微微地有那么一点儿——干涉别人家务事的意味。可她不是这种人。

他缓缓地说："福斯特上年纪了，我知道，干不了真正的力气活儿了。"

"里德先生，恐怕曼宁比他年纪更大。七十五岁，他是这么跟我说的。不过我认为雇了他——只雇几天，兴许会很有用处。因为，很多年前，他受雇于肯尼迪医生。顺便说一声，曾经跟海伦订过婚的那个年轻人，名叫阿弗利克。"

"马普尔小姐，"贾尔斯说，"我误会你了。你是天才。你知道我从肯尼迪那儿拿到了海伦的笔迹样本吗？"

"我知道。他送过来的时候，我正好在这里。"

"我今天就寄出去。上个星期，我问到了一位笔迹鉴定专家的地址。"

"咱们到花园里去见见曼宁吧。"格温达说。

曼宁是个驼背老人，一看就知道是个脾气暴躁的人。他眼睛细长，眼珠浑浊，目光狡猾，此时正用耙子清理着小路，看到雇主们走过来，便加快了速度。

"早上好，先生。早上好，夫人。这位女士问我，周三过来帮忙做点儿活行不行。我很愿意。这地方照顾得不好，丢人哪。"

"这个花园恐怕已经有好几年没好好修整过了。"

"是这么着。还记得，我真记得，芬德孙夫人在的时候，这里就像一幅画。芬德孙夫人非常非常喜爱她的花园。"

贾尔斯慵懒地斜倚在辗子上；格温达在给玫瑰打顶；马普尔小姐退到不显眼的地方，俯身清理旋花；老曼宁拄着耙子。在这个闲适的早晨，为一场关于旧日时光和过去的美好生活里的园艺事务的讨论，一切都准备就绪。

"我想，你对这附近的大部分花园都挺了解的吧。"贾尔斯鼓励般地说。

"呃，我还算了解这个地方，确实，还有人们的偏好。尼亚格拉的尤尔夫人,她有一道紫杉树篱,那时候总被修剪得像松鼠似的。蠢透了,我觉着。孔雀跟松鼠可不是一码事。还有兰帕德上校,他可是个养秋海棠的好手——他以前的秋海棠花床是真漂亮。现如今,花床已经过时了,不流行了。我自己都说不清之前的六年里填埋过多少花坛了,把草坪前面的花床垫满土,再给盖上草皮。好像人们已经对天竺葵和大丛的半边莲镶边不屑一顾了似的。"

"你以前在肯尼迪医生家干过,是吗?"

"啊,那是很长时间以前的事了,肯定是在一九二〇年前后。现在他已经搬走了——放弃了这里。小布伦特医生如今住在北边的克罗斯比精舍。他总有些有意思的想法——小白药片什么的,他管那玩意儿叫维他品。"

"我想你应该还记得海伦·肯尼迪小姐吧,就是医生的妹妹。"

"啊,海伦小姐,我记得相当清楚。漂亮的少女,她那时候是这样,一头金黄的长发。医生很在意她。她结婚以后搬回来了,就住在这幢房子里。她丈夫是从印度回来的军官。"

"没错,"格温达说,"我们知道。"

"啊,我的确听说过……那是在星期六的晚上……你和你丈夫跟她是亲戚。海伦小姐第一次从学校回来的时候,真是太漂亮了,就跟画上的人儿一样,也满怀乐趣,什么地方都想去——跳舞、打网球,什么都想玩。我呀,不得不去给网球场画地面——已经有将近二十年没用过了,我得说。灌木丛都长疯了,场地里到处都是。我得把它们全除掉。然后找来好些石灰,把线画好。这费了我老大的事儿——结果也没在上面玩。真是件可笑的事,我经常这么想。"

"什么事可笑?"贾尔斯问。

"球网的事。有人趁着晚上来了——把它给割成了一条一条的。真是一条一条的。恶意,你也许会这么说。正是那样——卑劣的恶意破坏。"

"可谁会干这种事呢?"

"医生也想知道这个。他发了一通脾气——我不埋怨他。他刚刚为球网付过钱。可是谁也想不出是谁干的。我们到底也没弄清楚。他说不会再重新弄一个了——相当正确,因为能恶意破坏一次,就会恶意破坏第二次。可是,海伦小姐年少气盛,暴跳如雷。她运气不好,海伦小姐运气不好。先是网的事——然后她的脚又受伤了。"

"脚伤了?"格温达问。

"是啊——失足踩到刮刀还是什么东西上,割伤了。看着不过是个小擦伤,可老也好不了。医生很着急,又是包扎,又是治疗,就是不见好。我记得他说:'我想不通……刮刀上肯定有感染菌——或类似的词。况且,不管怎么说,'他说,'刮刀怎么会跑到车道中间去呢?'因为海伦小姐就是在那儿踩到它的,在黑夜里步行回家的时候。可怜的姑娘,没法去跳舞了,只能抬着脚坐着。看起来没什么大不了,可对她来说实在是倒霉透了。"

时机成熟了,贾尔斯想着,便随口问道:

"有个姓阿弗利克的人,你有印象吗?"

"啊,你说的是杰基·阿弗利克,在费恩和沃奇曼律师事务所的办公室工作过的那个?"

"是啊,他不是海伦小姐的朋友吗?"

"那不过就是瞎胡闹。医生给拦住了,这事做得太对了。杰基·阿弗利克就是个不入流的小人物,是那种精明得太过了的人,这种人到头来只会害了自己。不过,他在这儿没待多久,就给自己惹上了麻烦。走了好，我们都不希望这种人住在迪尔茅斯。他离开这里去别的地方要聪明，我们欢迎之至。"

格温达问："球网被割坏的时候，他还在这里吗？"

"啊。我明白你在想什么。不过，他可不会干那种蠢事。杰基·阿弗利克精明着呢。无论是谁干的这事，都是纯粹的恶意破坏。"

"有没有什么人跟海伦小姐过不去？有谁可能会对她心怀不满？"

老曼宁轻声地咯咯一笑。

"有些年轻姑娘们会心怀不满，再正常不过了。她们绝大部分都远不如海伦小姐长得漂亮。不是那回事，我说过了，这事干得实在是蠢透了，就是为了泄愤。"

"杰基·阿弗利克缠得海伦很心烦吗？"格温达问。

"这些个年轻小伙子，你可别以为海伦小姐会很在意他们。她不过是给自己找乐子罢了，就是这么回事。有些人非常痴心——小沃尔特·费恩就是，老是跟狗一样围着她打转。"

"可她压根儿就看不上他？"

"海伦小姐看不上他。她只肯笑笑——再也没有别的了。于是他就去了外国，不过后来又回来了。他如今是事务所里的一把手。他一直没结婚。不怨他。女人总是给男人的生活带来数不清的麻烦。"

"你结过婚吗？"格温达问。

"送走两个了，我都。"老曼宁说，"啊，你看，也没什么不好。现在，我想在哪儿抽烟就在哪儿抽，多清静。"

谁也没有再说话，他又拿起耙子。

贾尔斯和格温达回到小路上，向着房子走去，马普尔小姐也暂停了对旋花的攻击，跟他们一起走了。

"马普尔小姐，"格温达说，"你脸色不大好。有什么……"

"没什么，亲爱的。"老太太顿了顿，才用一种不寻常的逼人语气说，"你看，我非常不喜欢球网的事。把它割成一条一条的……甚至……"

她住了口。贾尔斯疑惑地看着她。

"我不是很明白……"他开口说。

"你不明白吗？在我看来可是明白得吓人。不过，你不知道也许更好。不管怎么样……也许是我想错了。现在，赶紧跟我说说你们在诺森伯兰的情况吧。"

他们给她讲了讲他们采取的行动，马普尔小姐听得聚精会神。

"这一切太可悲了，"格温达说，"根本就是一场彻头彻尾的悲剧。"

"是啊，可不是嘛。可怜……可怜哪。"

"我也这么觉得。那男人得受多少罪呀……"

"他？哦，是。是啊，当然。"

"不过你说的是……"

"哦，是……我在想她——那个妻子。她应该爱他爱得非常深，可他娶她只是因为她没什么不合适，或者是因为可怜她，又或是出于男人常常会有的那些善良的、通情达理的原因。可这实际上是非常非常不公平的。

我知道一百种恋爱的手段，
每一种都令被爱者宁愿从未发生。"

贾尔斯轻声吟诵着。

马普尔小姐扭头看向他。

"是啊，说得太对了。你明白，嫉妒往往并不是原因。原因要更……怎么说呢……更深层得多。根本原因是一方的爱情没有得到回报。如果一方一直在等待、守望、期待……被爱的一方就会转而爱上其他人。这种情况总是一而再、再而三地发生。所以，这位厄斯金夫人把她丈夫的生活弄得宛如地狱，而他呢，无力阻止，也把她的生活弄得宛如地狱。可是，我认为她受的罪要多得多。不过，你看，我敢说，他是真的十分喜欢她。"

"不会的。"格温达叫了起来。

"哦，亲爱的，你还年轻呢。他一直没有离开他的妻子，这很能说明问题，你明白的。"

"那是为了孩子，为了他的责任。"

"为了孩子，也许吧。"马普尔小姐说，"不过我必须承认，在我看来，对于责任，男士们似乎不如他们的妻子用心——公共事务就另当别论了。"

贾尔斯哈哈大笑。

"你可真是个悲观主义者，马普尔小姐。"

"哦，亲爱的，里德先生，我真心希望事情并非如此。人们总是对人性抱有希望的。"

"我还是觉得不是沃尔特·费恩。"格温达思忖着说，"而且我也敢肯定不会是厄斯金少校。事实上，我知道不是他。"

"人的感觉不一定总是可靠。"马普尔小姐说，"有些事情恰恰是看似最不可能的人做的。在我住的小村子里发生过一件相当轰动的事，圣诞俱乐部的财务主管被人发现把所有的钱押在了一匹马身上。他不赞成赛马，当然更不赞成任何一类赌博。他的父亲是个赛马经纪人，对他母亲很不好——所以，理性地说，他不喜欢赛马并不是装出来的。可是，有一天他偶然开车到新市场附近，看见有人在驯马。然后，他就像变了个人似的——这就是血缘的力量。"

"沃尔特·费恩和理查德·厄斯金的先辈似乎没什么问题。"贾尔斯一脸严肃，却调皮地抿了抿嘴唇，"不过，谋杀可是一种业余犯罪。"

"重要的是，"马普尔小姐说，"他们在事发现场。沃尔特·费恩在迪尔茅斯。厄斯金少校，据他自己的描述，实际上在海伦·哈利迪死前不久还和她在一起，而且当天晚上有一段时间没回酒店。"

"可他并没有隐瞒这件事。他……"

格温达猛地住口。马普尔小姐使劲儿盯着她。

"我只是想强调，"马普尔小姐说，"在现场的重要性。"

然后，马普尔小姐又说道："我想，要找 J.J. 阿弗利克的地址问题不大。既然他是水仙花马车公司的老板，应该很容易找到。"

贾尔斯点点头。"我来查。说不定电话号码簿里就有。"

马普尔小姐想了一会儿，然后说：

"如果你们去的话……一定要非常小心。记住那个老花匠刚刚说的话——杰基·阿弗利克精明着呢。请……请小心……"

第二十一章　J.J.阿弗利克

1

J.J.阿弗利克，水仙花马车公司，德文和多塞特旅行社，电话号码簿里列了两个号码，标注的地址一个是位于埃克塞特的办公室，一个是位于镇郊的私人宅邸。

他们预约了第二天见面。

贾尔斯和格温达上了车，马上就要驶出门去，这时候，科克尔太太跑了出来，冲他们打手势。贾尔斯踩住刹车，把车停下。

"肯尼迪医生来电话了，先生。"

贾尔斯下了车，跑回去，拿起听筒。

"我是贾尔斯·里德。"

"早安。我刚刚接到一封奇怪的信。是一个叫莉莉·金博尔的女人写来的。我绞尽了脑汁也没想起她是谁。本以为是个病人——结果越想越不对。我猜，她很可能是在你们那幢房子里做过工的姑娘。你我都知道的那个时候，她应该是个客厅女仆。我几乎可以肯定她的名字就是莉莉，不过记不得她姓什么了。"

"是有过一个叫莉莉的。格温达记得她。她在猫身上系过蝴蝶结。"

"格温达的记忆力太惊人了。"

"哦,是啊。"

"哦,我想和你谈谈这封信——不是在电话里谈。我要是过来,你在家吗?"

"我们正要去埃克塞特。如果你愿意,我们可以顺便去拜访你,先生。我们顺路。"

"很好,那太好了。"

"这事我不愿意在电话里多说,"他们到了以后,医生解释道,"我总觉得接线员会偷听。那女人的信在这儿。"

他把信摊开,放在桌上。信纸是廉价的条格纸,上面的字明显不是受过良好教育的人写的。

亲爱的先声(生):(莉莉·金博尔这么写道)

随信寄上一份减(剪)报,如果你能给我些建议,感激不尽。我一直在考虑这件事,也跟金博尔先声(生)商量过,可是我不知到(道)要怎么办才好。你看这事会有钱拿或者有酬劳吗?因位(为)如果确定有钱,我就能做,但不想沾上警察或类似的麻烦。我经常回想哈利迪夫人出走的那个宛(晚)上,我认为她跟(根)本不是出走了,因位(为)衣物不对。我本来以位(为)是先声(生)干的,不过现在不那么确定了,因位(为)我看见窗外有一辆汽车,是辆豪华的汽车,我以前见过它。不过,没问过你这事是不是安权(全),是不是跟警察有关之前,我什么也不做。因位(为)我从没跟警察打过交道,金博尔先声(生)也没有。我可以来见你,先声(生),如果可以,下周四是赶集日,金博尔先声(生)会出门。我会很感激,如果你可以见我的话。

充满敬意的，
莉莉·金博尔

"这信寄到了我在迪尔茅斯的老住址，"肯尼迪说，"然后转寄到了我这里。剪报是你发的广告。"

"太棒了，"格温达说，"这个莉莉……你看……她认为不是我父亲干的！"

她心花怒放地说。肯尼迪医生看看她，目光疲惫、温和。

"对你来说是很好，格温妮。"他轻声说，"希望你是对的。现在，我想我们这么做会比较好。我给她回信，让她周四过来。火车换乘很方便。她在迪尔茅斯换乘站换车的话，四点半过一点儿就能到。如果你们那天下午过来，我们就可以一起同她谈话了。"

"太好了。"贾尔斯说，他看一下表，"来吧，格温达，咱们得快点儿了。我们还有约呢。"他解释了一句，"是水仙花马车公司的阿弗利克先生，他还告诉我们，他是个大忙人。"

"阿弗利克？"肯尼迪皱起了眉头，"当然！水仙花马车公司的德文旅行社，漆着吓人的奶油色的大车。不过我好像还从别的什么地方听过这个名字。"

"海伦。"格温达说。

"老天——不是那个家伙吧？"

"就是他。"

"可他就是个穷小子啊。这么说，他在外面发家了？"

"能跟我说说吗，先生？"贾尔斯说，"你以前反对他和海伦的事，就只是因为他的……嗯，社会地位？"

肯尼迪医生面无表情地瞥了他一眼。

"我是个老派的人，年轻人。在现代人的信条里，人跟人都是平等的。毋庸置疑，这是合乎道德的。不过我信奉这样一个事实，人生的状态取决于出身——而且符合自己出身的活法最令人幸福。此外，"他又加了一句，"我认为这家伙不是个好人。这已经得到了证明。"

"他究竟干了什么事？"

"记不清了。只记得是关于一个案子，因为他受雇于费恩，所以想利用职务之便盗取资料卖钱，是与他们的一个委托人有关的机密资料。"

"他有没有……因为被解雇而心怀不满？"

肯尼迪敏锐地扫了他一眼，简单地说："有。"

"那么，你不愿意他与海伦交往，就完全没有别的原因了吗？你不认为他……哦……怎么看都有点儿奇怪吗？"

"既然你说到这儿了，我就坦率地回答你。在我看来，特别是被解雇以后，杰基·阿弗利克就在一定程度上出现了情绪不稳定的迹象。这实际上是被迫害妄想症的早期症状。不过既然他后来发家了，这似乎也就得不到证实了。"

"解雇他的人是谁？沃尔特·费恩吗？"

"我不知道跟沃尔特·费恩有没有关系。他是被事务所解雇的。"

"那么，他有没有抱怨过他也是上了当的受害者？"

肯尼迪点头。

"我知道了……哦，我们的时间很紧了。星期四再见，先生。"

2

房子是新建的,墙面雪白,外立面的曲度很大,窗户也很敞亮。他们被领着穿过一间豪华的大厅,走进一间书房,里面一张镀铬大书桌占去了一半地方。

格温达紧张兮兮地对贾尔斯小声说:"说真的,要是没有马普尔小姐,我真不知道咱们该怎么办。每到关键时刻,咱们都要依靠她。先是她在诺森伯兰的朋友,现在又是她那儿的教区牧师夫人主办的男孩俱乐部举办年度旅行。"

门被打开的同时,贾尔斯向格温达打了个警示的手势,而J.J.阿弗利克已冲进房间。

这是个发福的中年男人,穿着花花绿绿的彩色格子衬衫,黑眼睛里透着精明机敏,脸色红润,面相厚道。整体看来,他很符合人们对成功的赌场老板的普遍印象。

"是里德先生吧?早安。很高兴见到你。"

贾尔斯向他介绍了格温达。她感觉他握手的力道过重了些。

"有什么能为你效劳的吗,里德先生?"

阿弗利克在大书桌后面坐下来,从缟玛瑙烟盒里抽出几支香烟递给他们。

贾尔斯开始谈起男孩俱乐部旅行的事。他的老朋友在主持这件事,急于在德文郡安排几天旅行。

阿弗利克马上做出回应,公事公办地报了价,并给出建议。不过,他面上隐隐流露出疑惑的神色。

最后他说:"嗯,一切都很明确了,里德先生,我会再给你发一封确认函。不过,这是一件纯粹的公事。可我的文员告诉我,你想约我私下在家里见面?"

"是的,阿弗利克先生。其实,我来见你是有两件事要办。一件我们已经解决了,另一件纯属私事。我妻子迫切希望联络到她的继母,她们已经好多年没有见过面了。我们想看看你能否提供帮助。"

"哦,如果你能把这位夫人的名字告诉我——我猜我认识她?"

"你曾经认识她。她的名字是海伦·哈利迪,结婚前是海伦·肯尼迪小姐。"

阿弗利克静静地坐在那儿,眯起眼睛,把椅子慢慢向后仰。

"海伦·哈利迪……我不记得……海伦·肯尼迪……"

"之前在迪尔茅斯。"贾尔斯说。

阿弗利克的椅子腿猛地落了下来。

"想起来了!"他说,"当然。"他红扑扑的圆脸上眉开眼笑,"小海伦·肯尼迪!是啊,我记得她。不过那可是很久以前的事了,得有二十年了。"

"是十八年。"

"真的吗?时光飞逝啊,老话说得没错。不过,恐怕你们要失望了,里德先生。从那以后,我就再也没有联系过她,连她的消息也没听到过。"

"哦,天哪!"格温达说,"太令人失望了。我们真希望你能帮上忙。"

"出了什么事吗?"他飞快地看看这个,又看看那个,"吵架了?离家出走了?还是缺钱?"

格温达说:"她出走了……非常突然……从迪尔茅斯……十八年前……跟什么人一起走了。"

杰基·阿弗利克打趣道:"所以,你认为她可能是跟我走的?为什么?"

格温达放大胆子说：

"因为我们听说，你……和她……曾经……哦，相互爱慕。"

"我和海伦？哦，可这里面没什么。不过就是男孩儿女孩儿的那点儿事罢了，我们俩谁都没当真。"他干巴巴地补充了一句，"我们不够勇敢。"

"你肯定觉得我们太冒昧了。"格温达开口道，可他打断了她的话。

"有什么冒昧的？我不是敏感的人。你想找到某个人，以为我能帮上忙罢了。想问什么就问吧——我不会隐瞒的。"他若有所思地看着她，"这么说，你是哈利迪的女儿？"

"是。你认识我父亲吗？"

他摇了摇头。

"有一次我到迪尔茅斯出差，就顺路去看了看海伦。我听人说她结了婚，正在那里住着。她十分客气……"他顿了顿，"可是，她没有留我吃饭。所以，我没有见到你父亲。"

格温达琢磨着，"她没有留我吃饭"这句话里头，有没有点儿幽怨的意味呢？

"你记不记得……她显得幸福吗？"

阿弗利克耸了耸肩。

"很幸福。不过，那是很久以前的事了。要是她看起来不幸福的话，我会有印象的。"

他好奇地又补了一句，语气似乎十分自然：

"你是说，自从十八年前她离开迪尔茅斯以来，你们从没得到任何她的消息？"

"没有。"

"没有……来信吗？"

"是有两封信,"贾尔斯说,"可是我们有理由认为那不是她的亲笔。"

"你们认为不是她的亲笔信?"阿弗利克似乎觉得有点儿好笑,"听着就跟侦探电影似的。"

"我们也觉得像。"

"她哥哥呢?那个医生,他不知道她在哪儿吗?"

"他也不知道。"

"我知道了。典型的侦探故事,不是吗?怎么没登广告?"

"我们登过了。"

阿弗利克毫不在意地随口说:"看着倒像是死了。也许你们是没听说。"

格温达打了个哆嗦。

"冷吗,里德夫人?"

"不冷。我刚才想到海伦可能死了。可我不愿意去想这种可能。"

"你说得对。我也不愿意这么想。她长得太迷人了。"

格温达有点儿失态地说:

"你认识她。你们交情不浅。我对她只有儿时的记忆了。她长什么样?大家怎么看她?你怎么看她?"

他注视了她一会儿。

"实话跟你说,里德夫人。信不信由你,我替那孩子感到遗憾。"

"遗憾?"她回以困惑的目光。

"正是。她那时候……刚刚从学校回来,像每一个姑娘那样渴望得到一点儿乐趣。可她偏偏有那么个哥哥,人到中年,古板僵化,满脑子都是限制姑娘家的条条框框。毫无乐趣,那孩子从没得到过乐趣。哦，我给过她一点儿——展示给她一点点生活的乐趣。我并不是真的爱上了她，她也没有真的爱上我。她只是喜欢那种惹祸冒险的乐趣罢了。然后，当然了，别人发现我们在约会，他就不让我们再继续交往了。别埋怨他，说真的。她比我条件好。我们没订婚，也没有任何约定。有段时间，我是想过要结婚——不过得等我年纪再大一些。我想发家，想找个能帮我发家的妻子。海伦没什么钱，而且，不管怎么看我们俩都不般配。我们只不过是玩玩暧昧的好朋友而已。"

"可是，你肯定很生医生的气……"

格温达没说完，阿弗利克接口说："是很生气，我承认。谁也不乐意听人说你不够好。不过呢，脸皮太薄也没什么好处。"

"而且后来，"贾尔斯说，"你丢了工作。"

阿弗利克的脸色有点儿不快。

"我被炒了。给轰出了费恩和沃奇曼律师事务所。我很明白谁应该为此负责。"

贾尔斯用疑问的声调"哦"了一声，可是阿弗利克摇了摇头。

"我什么也没说。我自己明白是被人陷害了，就是这么回事，而且我很清楚主谋是谁，是出于什么理由！"他的两颊涨得通红，"肮脏的勾当！"他说，"暗中监视别人，设陷阱害他，造他的谣。哦，我有敌人没错。可是我从没让他们得逞。我承受了多少，就报复回去多少。我是不会忘的。"

他没继续往下说。突然之间，他的态度又变了回来，再次变得亲切了。

"所以我恐怕帮不到你了。我和海伦之间是有过点儿意思——但也就是这样了，没有深入发展。"

格温达盯着他看。这个故事非常清晰——不过，它是真的吗？她琢磨着。有某处受到了触动——她意识深处如是想。

"虽然如此，"她说，"你后来去迪尔茅斯的时候，还是去见了她。"

他哈哈大笑。

"为什么这么说呢？里德夫人。是啊，我去了。也许是想让她看看，我可没有因为被一个长脸律师赶出办公室就垮了。我的生意做得不错，我开上了豪华汽车，自己当老板干得好着呢。"

"你来看过她不止一次，是吗？"

他犹豫了一会儿。

"两次……也许是三次。只是顺路去看看而已。"

他点了点头，突然就结束了话题。"很遗憾，我帮不了你们。"

贾尔斯站起身来。

"占用了你那么多时间，我们非常抱歉。"

"没关系。难得谈谈往事。"

门开了，一个女人探进脑袋看了看，然后赶快道歉：

"哦，真是对不起……我不知道你有客人在……"

"进来，亲爱的，进来吧。见见我的妻子。这是里德先生和夫人。"

阿弗利克夫人跟他们握了手。她个子高高的，身材瘦削，神情压抑，身上的衣服倒是出人意料地做工精良。

"我们刚才谈了谈往事，"阿弗利克先生说，"是遇到你之前的事，多萝西。"

他转向他们。

"我和我妻子是在一次航行中认识的。"他说，"她不是英国人，是波特汉姆勋爵的堂妹。"

他说话的时候神色骄傲——那个瘦削的女人则脸红了。

"航行可真是好。"贾尔斯说。

"非常有教育意义。"阿弗利克说,"现在我可没有那种受教育的机会。"

"我常跟我丈夫说,我们非得去希腊旅游一次不可。"阿弗利克夫人说。

"没时间。我是个大忙人。"

"我们就不多打扰了,"贾尔斯说,"再见,多谢。你会把旅行的报价发给我,是吧?"

阿弗利克送他们到房门口。格温达回头看了一眼,阿弗利克夫人站在书房门口,死死盯着她丈夫的背影,目光有点儿好奇,又有些忧心忡忡。

贾尔斯和格温达再次道别,然后向他们的汽车走去。

"真烦人,我把披肩给落下了。"格温达说。

"你总是丢三落四的。"贾尔斯说。

"别板着脸了。我去拿回来。"

她跑了回去。书房的门敞着,她听见阿弗利克大声说:

"你闯进来干什么?一点儿脑子也没有。"

"对不起,杰基,我不知道。他们是什么人,为什么这么让你心烦?"

"他们没有让我心烦。我——"看见格温达站在门口,他住了口。

"哦,阿弗利克先生,我是不是把披肩落下了?"

"披肩?没有,里德夫人。这里没有。"

"我真笨。准是在车里。"

她又跑了出来。

贾尔斯把汽车掉过头来。一辆黄色的豪华大轿车停在路边，车身是锃亮的铬涂层。

"一辆车。"贾尔斯说。

"一辆时髦的汽车。"格温达说，"记得吗，贾尔斯？伊迪丝·佩吉特提到过的，她说是莉莉跟她说的。莉莉打赌说是厄斯金上尉，不是'咱们那位开豪华汽车的神秘人'。你觉不觉得，那位开豪华汽车的神秘人就是杰基·阿弗利克？"

"没错。"贾尔斯说，"莉莉在写给医生的信里，也提到过一辆'时髦的汽车'。"

二人对视一眼。

"那天晚上，他在那里——用马普尔小姐的话说，他'在现场'。哦，贾尔斯，我等不及星期四了，真想马上听听莉莉·金博尔怎么说。"

"万一她临阵退缩，不来了怎么办？"

"哦，她会来的。贾尔斯，如果那辆豪华汽车当天晚上在那里……"

"觉得那是黄祸①一样的事？"

"喜欢我的汽车？"阿弗利克先生和气的声音吓了他们一跳，他倚着他们身后修剪得整整齐齐的树篱，"小金凤花，我这么叫它。我一直乐于好好地装饰车身。它挺扎眼的吧？"

"可不是嘛。"贾尔斯说。

"我喜欢花，"阿弗利克先生说，"水仙花、金凤花、薄包花……它们都是我的心头宝。给你披肩，里德夫人，它滑到桌子后面去了。再见。很高兴能和你们见面。"

---

①黄祸，这种说法起源于十九世纪，本意指黄种人对白种人构成威胁，此处比喻阿弗利克先生的那辆黄色轿车。

"你说，他听见咱们管他的车叫黄祸了吗？"车子驶出去以后，格温达问。

"哦，我觉得没有。他态度挺好的，不是吗？"

贾尔斯脸上带着点儿担心的神色。

"是……是吧，不过我觉得那也说明不了什么……贾尔斯，他那个妻子……她害怕他，我看见她的表情了。"

"什么？你说那个快活讨喜的家伙？"

"也许他私下里并不那么快活，也不那么讨喜……贾尔斯，我觉得我不喜欢阿弗利克先生……不知道他在我们背后偷听了多长时间……刚才咱们都说了什么呀。"

"没说多少。"贾尔斯说。

可是，他仍然面带忧色。

第二十二章　莉莉赴约

1

"呦，见鬼了！"贾尔斯惊叫。

他刚刚拆开一封邮差午后送来的信，吃惊地盯着信上的内容。

"什么事？"

"是笔迹鉴定专家的报告。"

格温达迫不及待地说：

"所以说，从国外寄来的那封信不是她写的？"

"就是她，格温达，是她写的。"

他们俩面面相觑。

格温达难以置信，说："这么说，那些信不是伪造而是货真价实的。那天晚上，海伦确实是从房子里出走了。她也确实是在国外写了信。这么说，海伦压根儿就没被掐死？"

贾尔斯缓缓地说：

"好像是吧。可这事也太烦人了。我不明白，怎么每条线索都指向不同的方向。"

"说不定，是专家弄错了？"

"我觉着有可能。不过他们似乎很自信。格温达，这方面的事,我真是一丁点儿也不懂。咱们是不是干了一件彻头彻尾的大蠢事?"

"而这一切都是源于我在剧院里做的蠢事?我跟你说,贾尔斯,咱们还是去找马普尔小姐。咱们还有时间呢,四点半之前到肯尼迪医生家就行。"

然而,马普尔小姐的反应与他们预想的完全不同。她说这实在是太好了。

"可是,亲爱的马普尔小姐,"格温达说,"你这是什么意思?"

"我的意思是说,亲爱的,某人不像过去那么聪明了。"

"可是怎么……怎么就不聪明了呢?"

"这个人出错了。"马普尔小姐说着,满意地点头。

"可是,出了什么错?"贾尔斯问。

"哦,里德先生,你肯定能明白,笔迹鉴定结果如何缩小了疑凶的范围。"

"在接受信确实是海伦亲笔写的这个事实的前提下……你是说,她还是有可能是被谋杀的?"

"我是说,信的确是海伦亲笔,这对某人来说似乎十分重要。"

"我明白了……至少我认为我是明白了。肯定有某种可能的情况,海伦被人诱导写下了这些特别的信……这就把范围缩小了。不过,到底是怎么样的情况呢?"

"哦,得了吧,里德先生。你可没有真正地思考。这事太简单了,真的。"

贾尔斯有点儿烦闷,于是反驳说:"对我来说并不明白,我保证。"

"你只要稍稍思考一下……"

"快点儿吧，贾尔斯，"格温达说，"我们要晚了。"

他们离开了面带微笑的马普尔小姐。

"那个老太太有时可真烦人，"贾尔斯说，"我不明白她是在暗示些什么该死的事。"

他们抵达肯尼迪医生家的时候，时间刚刚好。

医生亲自给他们开门。

"我让女管家出去待一下午，"他解释道，"这样似乎更好一些。"

他带着他们走进客厅，客厅里已经备好了茶盘，带杯托的茶杯、面包、黄油和蛋糕一应俱全。

"喝杯茶是件好事，是吧？"他语带犹疑地问格温达，"这能让金博尔太太安心些。"

"你做得很对。"格温达说。

"那么，你们俩呢？我是直接把你们介绍给她，还是我先跟她谈谈？"

"乡下人多疑。我觉得你单独接待她比较好。"

"我也这么想。"贾尔斯说。

肯尼迪医生说："如果你们在隔壁房间里等着，门再稍微留一条缝，你们就能听见这边发生了什么事。在涉及案件的情况下，我想这样做是正当的。"

"我看这就是偷听，不过我真的不在乎。"格温达说。

肯尼迪医生微微一笑，说："我认为这不牵涉任何道德准则。在任何情况下，我都不建议承诺保守秘密——不过，如果有人问到我这儿，我愿意提供一些见解。"他看了一眼手表。

"列车抵达伍德雷路的时刻是四点三十五。几分钟之内，车就应该到了。然后，她上山还得花五分钟左右。"

他不安地在房间里走来走去,愁眉苦脸、面容憔悴。

"我不明白,"他说,"我一点儿也不明白这一切是怎么回事。如果海伦根本没有离开那幢房子,如果她寄给我的信是伪造的。"格温达猛地挪动了一下——但贾尔斯冲她摇了摇头。医生接着说:"要是凯尔文,这可怜的家伙,并没有杀她,那到底发生了什么事呢?"

"是有别的人杀了她。"格温达说。

"可是,我亲爱的孩子,如果是别的人杀了她,凯尔文究竟为什么坚称是他干的呢?"

"因为他以为是他干的。他在床上发现了她,于是就以为是他干的了。这是有可能的,不是吗?"

肯尼迪医生烦躁地搓搓鼻子。

"我怎么会知道?我又不是精神科医生。惊吓过度?精神本已处于紧张状态?是啊,我想这有可能。可是,谁会想要杀害海伦呢?"

"我们想是这三个人中的某一个。"格温达说。

"三个人?哪三个人?谁都没有任何理由去杀害海伦——除非他们完全疯了。她没有仇人,每个人都喜欢她。"

他走到桌子的抽屉前面,费劲儿地在里面翻找着。

他翻出一张退了色的快照相片。照片上是一个身材高挑的女学生,穿着紧身运动服,扎着马尾辫,脸上青春洋溢。肯尼迪——更年轻的、一脸幸福的肯尼迪——站在她身边,怀里抱着一条猎犬。

"最近,我总会想起她。"他含含糊糊地说,"有好多年了,我根本就不再想她了——几乎是想办法去忘掉她……现在我一直都在想她。这就是你们干的事。"

他的话听起来几乎是在指责了。

"我看,这是她干的事。"格温达说。

他猛地转过身冲着她。

"你这是什么意思?"

"字面意思。我没法解释,不过真的不是我们,是海伦自己。"

一阵低沉的引擎嘶鸣隐约传入耳内。肯尼迪医生穿过落地窗走出去,他们跟了上去。一股烟顺着山谷缓慢地后退。

"是火车。"肯尼迪说。

"进站?"

"不,是出站。"他顿了一下,"她随时可能会到。"

好几分钟过去了,莉莉·金博尔却没有来。

2

莉莉·金博尔在迪尔茅斯换乘站下了车,她过了桥,走向支线铁路,上面停着本地的小火车。车上有几个旅客——最多五六个。现在并不是一天中的客流高峰期,但不管怎么说,这天是海尔彻斯特的赶集日。

不一会儿,火车出发了——一路喷着烟,沿着弯曲的山谷隆隆地向前。抵达朗斯伯里湾终点站之前,火车要经停三站:牛顿朗福特、迈钦斯小站(通往伍德雷营地)和伍德雷波尔顿。莉莉·金博尔看着窗外,瞳孔中映出的不是葱翠的乡村景色,而是詹姆士一世时代样式的家具套组,上面铺着翠绿的布饰……

在迈钦斯这个小小车站下车的只有她一人。她交了车票,穿过售票处出了站。沿路走上一小段,就看到一个写着"前往伍德雷营地"的指示牌,它指向一条直上陡峭小山的小径。

莉莉·金博尔踏上小径,脚步轻快地上了山。小径的一侧是一片林子,另一侧陡立着生满石楠和金雀花的峭壁。

林间走出一个人,莉莉·金博尔被吓了一跳。

"天哪,你吓了我一跳!"她惊叫,"没想到会在这里见到你。"

"给了你一个惊喜,是吧?我还给你准备了另一个惊喜。"

林间人迹罕至,叫声与搏斗声都无人听闻。其实也没有什么叫声,连搏斗声都很快平息了。

一只斑尾林鸽受了惊吓,飞出了树林。

3

"那女人能出什么事呢?"肯尼迪医生问道,语气暴躁生硬。

时针指向了五点差十分。

"会不会是从车站出来以后迷路了?"

"我已经详细、明白地给她指过路了。不管怎么走,到这里的路都不难找。从车站出来向左转,然后走朝右边去的第一条路。我也说了,走路几分钟就能到。"

"兴许她是改主意了。"贾尔斯说。

"看来像是这么回事。"

"也可能是没赶上火车。"格温达说。

肯尼迪缓缓地说:

"不,我想更可能是她最终决定不来了。也许她丈夫干预了这件事。这些乡下人都这么让人摸不透。"

他在屋里走来走去。

然后他走到电话旁边,拨了一个号码。

"你好，是火车站吗？我是肯尼迪医生。我有客人应该在四点三十五到站，是个中年村妇。有人问路说要找我吗？或者……你说什么？"

里德夫妇凑过来，听见听筒里那软绵绵、懒洋洋的伍德雷波尔顿口音说道：

"没有人找你，医生。四点三十五到站的没有陌生人。从米多斯来的纳拉科茨先生、约翰尼·劳斯、老本森的女儿。根本就没有别的乘客。"

"这么说，她是改主意了。"肯尼迪医生说，"好吧，我给你们沏点儿茶。水已经烧上了。我这就去拿。"

他端着茶壶回来，他们再次坐下。

"只是一时不顺罢了，"他开口道，兴奋了一点儿，"我们有她的地址。也许，我们可以反过来去找她。"

电话铃响起，医生起身去接电话。

"肯尼迪医生吗？"

"请讲。"

"我是朗福特警察局的拉斯特警官。今天下午，你是不是在等一个女人，名叫莉莉·金博尔的——莉莉·金博尔太太，来上门拜访？"

"是的。怎么？出什么事故了吗？"

"准确地说，不是事故。她死了。我们在尸体身上发现了一封你的信。所以我才打来电话。你方便到朗福特警察局来一下吗？越快越好。"

"我马上过来。"

4

"现在，让我们来把这件事搞清楚。"拉斯特警官说。

他看了看肯尼迪，又看了看陪医生一起来的贾尔斯和格温达。格温达面色惨白，两手紧紧地握在一起。"你预计这个女人会在迪尔茅斯换乘站乘四点零五的火车出发，然后于四点三十五到达伍德雷波尔顿，对吗？"

肯尼迪医生点点头。

拉斯特警官低头去看他从被害人尸体身上拿到的信。

信写得很清楚。

亲爱的金博尔太太，

　　我很愿意尽我所能给你一些建议。如信头所示，我已不住在迪尔茅斯。你可以乘坐三点三十分从库姆比雷发出的火车，并在迪尔茅斯换乘站换乘开往朗斯伯里湾的火车来伍德雷波尔顿，下车后步行几分钟，就到我家了。出站后左拐，走右边的第一条路，走到尽头的右手边就是我家。大门上可以看到名字。

你真诚的
詹姆斯·肯尼迪

"她是乘更早的火车来的，这一点没什么疑问吧？"

"更早的火车？"肯尼迪医生看起来十分惊讶。

"因为她就是这么做的。她离开库姆比雷不是在三点三十分，而是在一点三十分——赶上了两点五分从迪尔茅斯换乘站发出的火车，下车也不是在伍德雷波尔顿站，而是在迈钦斯小站，也就是伍德雷波尔顿的前一站。"

"可这太反常了！"

"她是来找你看诊的吗，医生？"

"不是。几年前我就退休不看病了。"

"我也这么想。你跟她很熟吗？"

肯尼迪摇了摇头。

"我差不多有二十年没见过她了。"

"可是你刚刚却……呃……认出了她。"

格温达哆嗦了一下，不过医生并不害怕死尸。肯尼迪思忖着回答：

"在那种情况下，很难说我是不是认出了她。我看她是被掐死的吧？"

"她是被掐死的。尸体是在一条小路旁边的小树林里发现的，那条路从迈钦斯小站通往伍德雷营地。尸体是一个从营地过来的远足者发现的，时间是三点五十分左右。法医推断死亡时间应该在两点十五分到三点之间。大概她出站后不久就遇害了。没有其他乘客在迈钦斯小站下车。她是唯一在那里下车的人。

"她为什么要在迈钦斯小站下车呢？下错站了吗？我认为应该不是。不管怎么说，她比与你约定的时间提早了两个小时，而且没坐你建议的那一列火车，尽管她随身带上了你的信。

"现在，就得问问她找你是有什么事了，医生。"

肯尼迪医生在口袋里摸了摸，掏出了莉莉的信。

"我带来了这个。这是随信附的剪报和里德先生与夫人在本地报纸上登的广告。"

拉斯特警官读了莉莉·金博尔的信和附件。读毕，他先看了看肯尼迪医生，又看了看贾尔斯和格温达。

"我能听听这一切背后的故事吗?我想,这得追溯到很久以前了吧?"

"十八年了。"格温达说。

一桩桩一件件,你补充一句,他插上一嘴,故事就这么讲完了。拉斯特警官是个好听众。他让面前的这三个人用自己的方式讲述。肯尼迪的话枯燥但有凭有据,格温达的话略显逻辑凌乱,但叙述得颇有想象力。贾尔斯的话也许是最有价值的。他的讲述清楚明确,而且说到了点子上,不像肯尼迪那样有所保留,也比格温达更为逻辑清晰。他们讲了很长时间。

最后,拉斯特警官叹了口气,总结道:

"哈利迪夫人是肯尼迪医生的妹妹,也是你的继母,里德夫人。十八年前,她从你现在住的这幢房子里失踪了。莉莉·金博尔——娘家姓阿博特——当时是这幢房子里的仆人,客厅女仆。出于某种原因,莉莉·金博尔倾向于认为——在这些年以后——这里发生了谋杀案。在当时,人们认定哈利迪夫人与一个男人——身份未知——私奔了。哈利迪少校于十五年前在一家精神病院去世,他一直陷于自己掐死了妻子的幻觉之中——假如那是幻觉的话······"

他停顿了一下。

"这些都很有趣,但是略微有点儿互不相关。关键之处似乎是,哈利迪夫人是生是死?如果她死了,是什么时候死的?而莉莉·金博尔知道些什么?

"从表面上看来,她肯定知道什么非常重要的事情,重要到哪怕出手杀了她,也不能让她说出来的地步。"

格温达惊呼:"可是哪有人会知道她要说出这件事呢——除了我们?"

拉斯特警官用思索的目光看着她。

"有一个关键点，里德夫人，她在迪尔茅斯换乘站，没有坐四点五分的火车，而是坐两点五分的火车。这其中必有缘故。还有，她在伍德雷波尔顿的前一站下了车。为什么？在我看来，可能是她给医生写信以后，又给别人写了信，提议约在伍德雷营地见面，也许，见面之后，她提出如果她的要求不能得到满足，就马上去见肯尼迪医生，问问他的意见。有可能是她对某一个人产生怀疑，可能还给那个人写了信，暗示她知道了什么，并且提出见面。"

"敲诈。"贾尔斯直截了当地说。

"我看她可不会那么想，"警官说，"她只是既贪心又渴望，而且有点儿想不明白她能从这件事里得到什么。等着瞧吧。也许她的丈夫能告诉我们更多情况。"

5

"警告过她，我警告过，"金博布尔先生语气沉重，"'别理这件事'，这是我的原话。她却背着我去管这件事了，以为她自己最明白。莉莉就是这么个人。聪明反被聪明误。"

询问的结果表明，金博尔先生提供不了什么有用的证词。

在他跟莉莉结识并开始恋爱之前，她曾经在圣凯瑟琳别墅做工。她喜欢看电影，还告诉他，她工作的那幢房子里多半发生过谋杀案。

"我没多想，我没有。我以为那全是她瞎想出来的。从来不满足于平淡的生活，莉莉从来不。她没完没了地给我唠叨些废话，说什么先生杀了夫人，说不定是把尸体藏到了地下室里……

还有个法国姑娘往窗外看，看见了什么东西还是什么人的。

"'别搭理那些外国人，我的姑娘，'我说，'他们一个个全是骗子，跟咱们可不一样。'她说起这件事的时候，我也没怎么听，因为，我也提醒你们一句，她纯粹是无中生有。莉莉有点儿喜欢犯罪故事，常看《星期天新闻报》上连载的《著名谋杀犯》。她满脑子都是这些事，而且要是她愿意认为自己曾经在一幢发生过凶案的房子里住过，哦，这么想想又不会害到谁。可是，她跟我说要答复这则广告的时候——'别搭理这事，'我跟她说，'乱惹麻烦没好处。'要是她按照我说的做，她就能活到今天了。"

他沉思了一会儿。

"唉，"他说道，"她就能活到今天了。聪明反被聪明误，莉莉就是这样。"

第二十三章　他们中的哪一个？

贾尔斯和格温达没有跟着拉斯特警官和肯尼迪医生去与金博尔先生面谈。七点钟左右，他们到了家。格温达面色苍白，一脸病容。肯尼迪医生告诉贾尔斯："给她喝点儿白兰地，吃点儿东西，然后上床睡觉。她是吓坏了。"

"太可怕了，贾尔斯，"格温达不停地说，"太可怕了。那个蠢女人，竟敢约杀人犯见面，还那么自信满满地去——去送死，就像一只羊去见屠夫。"

"好了，别想了，亲爱的。说到底，咱们知道了的确有那么个人——有个凶手。"

"不，咱们不知道。现在还不是凶手，我是说那时候——十八年前。那件事不是特别真切……兴许这一切全都弄错了。"

"哦，这证实了没弄错，你一直都是对的，格温达。"

贾尔斯发现马普尔小姐来了山腰别墅，非常高兴。马普尔小姐和科克尔太太正担心地围着格温达。她不肯喝白兰地，说这酒让她联想到英吉利海峡里的渡船，倒是喝了些加柠檬的热威士忌，然后科克尔太太又哄着她坐下吃了一个煎蛋卷。

贾尔斯打定主意谈起了别的事，不过马普尔小姐用贾尔斯也承认很高明的技巧，既和蔼又客气地谈起了那桩罪案。

"非常可怕，亲爱的，"她说，"当然相当令人震惊，不过也挺有意思的,必须得承认。而且,我上了年纪,死亡带给我的震惊不像对你们的那么大——只有没完没了的病痛,比如癌症,才会真的吓到我。真正至关重要的是,这件事明白无疑地证实了可怜的海伦·哈利迪是年纪轻轻就被害了。我们之前只是这么推想,现在我们是确切地知道了。"

"按照你的说法,我们应该去找出尸体在什么地方。"贾尔斯说,"在地下室,我猜。"

"不,不,里德先生。记得吗,伊迪丝·佩吉特说她第二天早上就下去过了,因为她被莉莉的话弄得心神不宁,可她并没有发现任何蛛丝马迹——你知道,如果真正仔细地去找,总是能找到些痕迹的。"

"那是怎么回事呢?用汽车搬走,再从悬崖上扔到海里去了?"

"不是。得啦,亲爱的,有什么东西在你第一次到这里来的时候就攫住了你,格温达,应该这么说。事实上,从客厅的窗户那里,本看不到下面的海。你感觉台阶应该通向草坪,这感觉很正确——可那里却被种上了一丛灌木。后来你发现,台阶最初就在那里,可是在某个时候被移到了露台的尽头。为什么这样移动呢?"

格温达盯着她,开始有点儿明白了。

"你是说那里……"

"做这样的改动必有缘故,而且这缘故似乎并不是真的很合理。坦白地说,把通向草坪的台阶安排在那里是很愚蠢的。不过,露台尽头是个十分安静的地方,除了一扇窗户——一楼儿童房的窗户,房子里再没有什么地方可以俯瞰那里。你不明白吗?假如你要掩埋一具尸体,地上肯定会有被动过的痕迹,那就必须为动土找个理由。这个理由就是决定把客厅前的台阶挪到露台尽头去。我听肯尼迪医生说过，海伦·哈利迪和她的丈夫都非常喜爱这个花园，在这里花了不少工夫，他们雇的花匠只是听他们的吩咐干活儿。假如他到了以后发现这样的改动已经开始，一些石板已经被移开了，他只会认为是他还没来的时候哈利迪夫妇就已经开工了。当然，这两处都有可能是埋尸的地方，不过我想，我们可以相当肯定，尸体就被埋在露台尽头而不是客厅窗户的前面。"

"为什么这么肯定呢？"格温达问。

"因为可怜的莉莉·金博尔在信里说过——莱昂妮从窗户向外看的时候看到了什么，所以她就不再认为尸体埋在地下室了。这事非常清楚了，不是吗？夜里的某个时间，这个瑞士姑娘从儿童房的窗户向外看，就看见了挖出来埋人的坑。说不定她也看见了是谁在挖坑。"

"可她什么都不跟警察说吗？"

"亲爱的，当时可没人怀疑那里发生了罪案。哈利迪夫人跟情人私奔了——这就是莱昂妮所知道的一切。而且她可能不太会说英语。她的确跟莉莉提起过，她那天晚上从窗户往外看的时候观察到的怪事，也许不是当时，是后来才说的，这促使莉莉相信的确发生了一桩罪案。不过，我并不怀疑伊迪丝·佩吉特曾责备莉莉瞎说，那个瑞士姑娘会听信她的说辞，而且她当然不愿意跟警察打交道。身在异国他乡，外国人面对警察好像特别紧张不安。于是她回了瑞士，而且很可能再也没有重新想过这件事。"

贾尔斯说："要是她现在还活着……要是能找到她……"

马普尔小姐点了点头。"也许吧。"

贾尔斯问："该怎么入手呢？"

马普尔小姐说:"做这种事,警察比你们要强得多了。"

"拉斯特警官明天早上会过来。"

"那我想我应该告诉他……关于台阶的事。"

"也说说我在前厅看见的……或者说是我认为我看见的东西吗?"格温达紧张地问。

"是的,亲爱的。之前你对这些事只字不提是很明智的,非常明智。不过,我认为时机已经成熟了。"

贾尔斯缓缓地说:"她在前厅被掐死,之后凶手把她搬上楼,放到床上。凯尔文·哈利迪走进来,喝了下了药的威士忌,昏了过去,这下轮到他被搬去楼上卧室了。醒过来之后,他就以为是自己杀了她。凶手必定是在附近的什么地方看着。凯尔文出门去肯尼迪医生家的时候,凶手又把尸体弄走,很可能是藏到了露台尽头的灌木丛里,等到大家都上了床,估计都睡着了以后,他才挖了个坑把尸体埋掉。这就意味着,他肯定是在这儿,很可能在房子附近晃荡了一整晚?"

马普尔小姐点头。

"他一定……在现场。我记得你说那很重要。我们来看看三个嫌疑人里哪一个最符合条件。先来看看厄斯金。他肯定在现场。他自己也承认,九点左右,他和海伦·肯尼迪从附近的海滩走到了这里,并与她道别。可是,他真的与她道别了吗?或许也可以说,他掐死了她。"

"可是他们之间都已经结束了,"格温达大叫,"那是很久以前的事了。他说过,他几乎没再和海伦单独相处过。"

"但是你不明白吗,格温达?现在,我们必须得用这种方式看问题,不能听信任何人说的任何话。"

"现在听到你这么说,我可真高兴。"马普尔小姐说,"因为我有点儿担心，你知道，说句实话，你们俩似乎很愿意去相信别人的话。我是有点儿生性多疑的毛病，不过，尤其是涉及谋杀案的时候，我有一条规矩，别人告诉我的任何事都不去信以为真，除非已经核实无误了。比如，莉莉·金博尔说过，用手提箱打包装走的衣物不像是海伦·哈利迪本人会带走的，这似乎相当明确，因为不仅伊迪丝·佩吉特告诉过我们莉莉曾这样说，莉莉本人在写给肯尼迪医生的信中也提到了这件事。所以，这件事属实。肯尼迪医生告诉我们，凯尔文·哈利迪相信他的妻子在偷偷给他下毒，而凯尔文·哈利迪的日记确认了这一点，所以这也属实，而且这个事实十分古怪，你不这么认为吗？我们现在先不去调查这件事。

"不过，我想指出，你们的很多假设，都是以别人告诉你们的情况为基础而做出的——但这些情况有可能是花言巧语的假话。"

贾尔斯使劲儿盯着她看。

格温达的脸上恢复了血色。她小口啜着咖啡，在桌前凑过身去。

贾尔斯说："我们来核实一下这三个人对我们说过的话。先来看看厄斯金。他说……"

"你对他有成见。"格温达说，"再继续说他的事是在浪费时间，因为他现在绝对排除嫌疑了。他不可能杀莉莉·金博尔。"

贾尔斯冷静地接着说：

"他说，他在去印度的船上邂逅了海伦，然后他们相爱了，可是他不能离开妻子和孩子，而且他们俩都同意必须就此分手。假设事情并不是那样的，假设他爱海伦爱得发狂，可她不愿意跟他私奔，假设他威胁说如果她和别人结婚，他就杀了她。"

"这不可能。"格温达说。

"这种事时有发生。还记得你无意中听到他妻子跟他说的话吗？你把它全归咎于嫉妒心，可她说的也许是事实。也许他在女人方面，真的让她有过一段糟糕至极的经历——他可能有点儿性欲狂。"

"这我可不信。"

"你别不信，因为他对女人有吸引力。我个人认为，厄斯金身上有点儿奇怪的东西。不过，咱们接着说我对他的有罪推定吧。海伦悔婚，没跟费恩结婚，却回家嫁给了你父亲，并在这里定居。表面上看，他和妻子是夏天到南方来度假的。这事做得真是奇怪。他承认他又到这里来见了海伦。莉莉曾经偷听到海伦说她害怕某个男人，现在，我们假设厄斯金就是那天和海伦待在客厅里的那个人。'我害怕你——我一直害怕你——我想你是疯了。'

"还有，因为害怕，她计划离开，去诺福克生活，可她却对此守口如瓶，谁也不知道这件事。在厄斯金一家离开迪尔茅斯之前，谁都不知道。至此，这些都讲得通。现在我们来看看案发的那个晚上。当晚早些时候，哈利迪一家在做什么，我们不得而知……"

马普尔小姐干咳一声。

"说起来，我又去见了伊迪丝·佩吉特。她记得那天主人早早地就吃了晚餐——七点整——因为哈利迪少校要去开个什么会——高尔夫球俱乐部的会，也可能是个教区的什么会。哈利迪夫人吃过晚饭就出去了。

"对了，海伦去见了厄斯金，也许是约好了在海滩见面。他第二天即将离开。也许他不想走。他强烈要求海伦跟他私奔。她回到这里,他也追着过来了。最后,他在一阵狂怒之中掐死了她。下面一点是我们达成了共识的。他有点儿癫狂,想让凯尔文·哈利迪相信自己才是杀了她的人。之后,厄斯金掩埋了尸体。你记得,他跟格温达说过,他回酒店的时候已经非常晚了,因为他在迪尔茅斯走了走。"

"有个问题,"马普尔小姐说,"他的妻子在做什么?"

"很可能她正嫉妒得发疯,"格温达说,"他一回来,就跟他撒泼。"

"这是我的案情重现,"贾尔斯说,"而且是有可能的。"

"但他不可能杀莉莉·金博尔,"格温达说,"他住在诺森伯兰。所以考虑他纯粹是浪费时间。来说说沃尔特·费恩吧。"

"好。沃尔特·费恩是个压抑型的人。他看似温文随和,易于摆布。可是马普尔小姐给我们带来过一段很有价值的证词。有一次,狂怒中的沃尔特·费恩差点儿杀了他的哥哥。我承认,那时候他只是个孩子,但这仍很令人吃惊,因为他似乎天生就那么温文宽容。不管怎样,沃尔特·费恩爱上了海伦·哈利迪。不仅仅是爱,他为她痴狂。她不要他,他就跑去了印度。后来,她给他写信,说她要出国去跟他结婚。她出发了。这时,第二次打击降临。她一到印度就立即抛弃了他。因为她'在船上遇见了某个人'。她回了家,嫁给了凯尔文·哈利迪。沃尔特·费恩可能会认为她拒绝他就是为了凯尔文·哈利迪,他酝酿了一腔疯狂的嫉恨。之后,他回了家,表现得十分宽厚友好,经常到这房子里来,表面上变成了一只温驯的猫围着房子打转,就像忠诚的都宾[①]一样。但或许海伦察觉到了这只是假象。她窥见了平静的表

[①] 都宾,英国作家萨克雷长篇小说《名利场》中的人物,对心上人一生痴情不渝。

面之下有暗流涌动。也许，很久之前她就感觉到了，安静斯文的小沃尔特·费恩身上有些令人心神不宁的东西。她跟他说：'我想我一直害怕你。'她悄悄地计划着，立即离开迪尔茅斯，去诺福克生活。为什么？因为她害怕沃尔特·费恩。

"现在，我们再次回到那个案发的晚上。在这一点上，我们不能完全确定。我们不知道那天晚上沃尔特·费恩做过什么，我也不觉得我们有可能查得出来。不过，他符合马普尔小姐说的'在现场'的条件，因为他住的房子就在步行两三分钟的路程开外。他可以推说因为头疼要早点儿睡觉，也可以把自己关在书房里工作——就是这类的借口吧。我们推定的凶手所做的一切他都可以做，而且我认为在那三个人里，他是最有可能在收拾手提箱上犯错的一个。对于女人们穿戴什么，他了解不多，所以没办法做好。"

"是很怪异，"格温达说，"那天，在他的办公室里，我有一种奇怪的感觉，觉得他就像是一幢关上了百叶窗的房子……我甚至还想象着……有人死在那幢房子里。"

她看看马普尔小姐。

"你觉得我这样很蠢吧？"她问。

"不，亲爱的。我觉得你也许是对的。"

"那么，现在，"格温达说，"我们来说说阿弗利克。阿弗利克的旅行社。杰基·阿弗利克总是聪明反被聪明误。第一个对他不利的证据是，肯尼迪医生相信他有初期的被迫害妄想症。这就是说——他从来不是一个真正的正常人。他跟我们说了自己和海伦的事，不过我们现在可以认同，那通篇都是谎话。他并没有仅仅把她当作一个可爱的孩子——他疯狂、热烈地爱上了她。可是她却没有爱上他。她不过是在给自己找乐子罢了。正如马普尔小姐所说，她是个离不开男人的女孩。"

"不，亲爱的，我可没那么说过。我没说过这样的话。"

"哦，是个女色情狂，要是你更喜欢这个术语的话。不管怎么说，她和杰基·阿弗利克有了恋情，然后又想甩了他。他不想被甩。她哥哥帮她摆脱了他，可杰基·阿弗利克从未原谅或者遗忘她。他丢掉了工作——他自己说，是被沃尔特·费恩陷害了。这明显就是被迫害妄想症的症状。"

"没错，"贾尔斯表示赞同，"不过，从另一方面来说，如果真是这样，这又是不利于费恩的一条证据——相当有价值的一条。"

格温达继续说：

"海伦出了国，而他也离开了迪尔茅斯。可是，他从未忘记她。等她回到迪尔茅斯，结了婚，他又来了，来拜访她。最开始，他说他来过一次，可是后来他又承认他来过不止一次。还有，哦，贾尔斯，你不记得了吗？伊迪丝·佩吉特曾经说过'咱们那位开豪华汽车的神秘人'，你看，他来得太频繁了，仆人们都议论了。可是海伦想尽办法安排，不留他吃饭——为了不让他见到凯尔文。说不定她是害怕他。说不定——"

贾尔斯打断了她：

"反过来也说得通。假设海伦爱上了他——她的初恋，假定她一直爱着他。也许他们之间有了恋情，而她没让别人知道。也许他想让海伦跟他私奔，可是那个时候她已经厌倦了他，不想走，于是……于是……他就杀了她，并做了其他的一切。莉莉在写给肯尼迪医生的信里说过，那天晚上，屋外停了一辆时髦的汽车。那就是杰基·阿弗利克的车。杰基·阿弗利克也'在现场'。

"这只是假设，"贾尔斯接着说，"但在我看来，是合情合理的假设。不过，我们还得把海伦的信纳入案情重现。我一直绞尽脑汁地思考，她是在哪种'条件'下——这是马普尔小姐的说法——被诱导着写下了那些信。在我看来，这些信要想能解释得通，我们就得先承认她的确是有一个情人，而且打算和他私奔。我们再来考察一下三个嫌疑人。先说厄斯金。假如说，他依然不准备离开自己的妻子，也不准备破坏自己的家庭，但海伦却同意离开凯尔文·哈利迪，去一个厄斯金可以不时过来与她待在一起的地方。这样，他们首先要做的就是打消厄斯金夫人的疑心，于是海伦写了两封信，隔一段时间寄到她哥哥的手里，看起来像是她已经跟什么人逃到国外去了。这个男人到底是谁一直非常隐秘，而这个推测十分符合这一情况。"

"可如果她正要为了他而离开自己的丈夫，他还有什么理由去杀她呢？"格温达问。

"也许她突然改变了主意，我猜她毕竟还是真心在乎自己的丈夫。厄金斯大发雷霆，掐死了她。然后，他拿走了衣物、手提箱，又使用那两封信。这是个完美涵盖了所有线索的绝好解释。"

"可这也同样可以适用于沃尔特·费恩。我可以想象，对于一位乡间律师来说，丑闻绝对称得上是灾难。海伦可能同意到附近某个费恩能去找她的地方，并且装作她是跟别人逃到国外去了。信都已经准备好了，然后，像你说的那样，她改主意了。沃尔特发了疯，把她给杀了。"

"那杰基·阿弗利克呢？"

"在他身上，要给这些信找出一个合理的理由就困难得多了。我觉得丑闻不会对他有什么影响。也许海伦是害怕，但不是怕他，而是怕我父亲，因此认为还是装成是出国了比较好，又或许那时候阿弗利克的妻子有钱，而他想用妻子的钱来投资生意。是啊，这些信的可能性太多了。"

"你觉得是哪一种呢,马普尔小姐?"格温达问,"我真的认为不是沃尔特·费恩……可是……"

这时,科克尔太太正好进来收拾咖啡杯。

"你看,夫人,"她说,"我真健忘。什么一个可怜的女人被杀了,你和里德先生都牵扯进了这些事,眼下都不是正事,夫人。费恩先生下午来了,来找你,等了半个小时。似乎觉得你应该是在等他来。"

"真奇怪,"格温达说,"什么时候?"

"准是四点,或者过一点儿。之后,又有另一位绅士,坐着一辆黄色的大汽车过来。他很肯定你在等他。我说没有,他也不信。他等了有二十分钟。我琢磨着你是不是想开个茶会,结果给忘了。"

"没有啊,"格温达说,"太奇怪了。"

"我们现在给费恩打个电话吧,"贾尔斯说,"他应该没睡。"

他马上就打了电话。

"喂,是费恩吗?我是贾尔斯·里德。我听说今天下午你来找过我们……什么?……没有……没有,我确定……没有,真是太奇怪了。是的,我也不清楚。"

他放下了听筒。

"出了怪事了。今天早上,他在办公室接到了一通电话,留话说让他今天下午来找我们,还说这事非常重要。"

贾尔斯和格温达面面相觑。然后格温达说:"给阿弗利克打电话。"

贾尔斯再次走到电话前,查到号码,拨出。等待的时间稍微有点儿长,不过现在接通了。

"阿弗利克先生吗?贾尔斯·里德,我——"

显然，对方的长篇大论打断了他。

最后，他终于能开口了："可是，我们没有……没有，我保证……没有那种事……是的……是的，我知道你是个大忙人。我做梦也想不到……是的，不过你看，给你打电话的是什么人……一个男人……不，我说了不是我。没有……没有，我知道了。嗯，我同意，这事太不寻常了。"

他放下听筒，回到桌边。

"哦，是这样，"他说，"有个人，一个自称是我的男人，给阿弗利克打电话，请他过来。说情况紧急……事关一大笔钱。"

他们对视一眼。

"就是他们俩之中的一个，"格温达说，"你没明白吗，贾尔斯？他们俩都可能杀了莉莉，然后到这儿来，作为不在场证明。"

"很难做不在场证明吧，亲爱的。"马普尔小姐插了一句。

"我不是说真正的不在场证明，但可以作为一个不在办公室的借口。我的意思是，他们俩有一个说的是实话，另一个则说了谎，一个给另一个打了电话，叫他过来，让他惹上嫌疑，可咱们不知道是哪一个。现在已经清楚了，就是他们两人中的一个，费恩或者阿弗利克。要我说……是杰基·阿弗利克。"

"我认为是沃尔特·费恩。"贾尔斯说。

他们同时看向马普尔小姐。

她摇了摇头。

"还有另一个可能。"她说。

"当然，是厄斯金。"

贾尔斯几乎是跑着去了电话前面。

"你想做什么？"格温达问。

"打个到诺森伯兰的长途电话。"

"哦，贾尔斯……你不会真的认为……"

"我们会知道的。如果他在家，就不可能在今天下午杀死莉莉·金博尔。他又没有私人飞机之类的荒谬玩意儿。"

他们一言不发地等着，然后电话铃响起。

贾尔斯拿起听筒。

"你请求连线厄斯金少校的私人电话。请讲，厄斯金少校已接通。"

贾尔斯紧张地清了清喉咙，开口说："厄……厄斯金吗？我是贾尔斯·里德……里德，是的。"

他突然痛苦地瞥了格温达一眼，明显是在说："我现在该说点儿什么？"

格温达站起身来，从他手里接过听筒。

"厄斯金少校吗？我是里德夫人。我们听说……听说了一幢房子，林斯科特·布雷克别墅。它……它……你了解它的情况吗？我相信，那地方就在你附近。"

厄斯金的声音说："林斯科特·布雷克别墅？不，我想我从来也没听说过。它在哪个邮区？"

"特别模糊，"格温达说，"你知道，房屋经纪人发的打印件都很糟糕。不过据说是在距离戴斯十五英里开外的地点，所以我们想……"

"对不起。我没听说过。谁在那儿住？"

"哦，是空房子。不过没关系，其实我们已经……我们其实已经住进了一幢房子。打扰你了，实在抱歉。我知道你很忙。"

"不，没关系。只是忙些家务罢了。我妻子出门了，厨娘也回了娘家。所以我正在做家务。对这些我恐怕不太在行，还是园艺干得好点儿。"

"我宁愿侍弄花园,也不愿意做家务。但愿你妻子不是生病了吧?"

"哦,没有,她妹妹叫她去一趟,明天就回来了。"

"哦,晚安,抱歉,打扰了。"

她放下了听筒。

"厄斯金被排除了,"她得意扬扬地说,"他的妻子不在家,所有家务都得他来做。所以,就剩下另外那两个人了。是不是,马普尔小姐?"

马普尔小姐一脸肃穆。

"我认为,亲爱的,"她说,"你们对这件事考虑得远远不够。哦,亲爱的……我真的非常担心。但愿我能知道到底应该做什么……"

第二十四章 猴爪

1

匆匆地吃过午饭,格温达胳膊肘支在桌上,两手托着下巴,漠然注视着眼前的一片杯盘狼藉。现在,她得把餐具收拾好,送进洗涤室洗干净,安置好,然后,看看晚饭吃什么。

不过,也不用太匆忙。她觉得自己需要一点儿时间整理一下思绪。每件事都发生得太快了。

回想起来,早上发生的事,似乎混乱无序。每件事都发生得太快、太不可思议了。

拉斯特警官早早就来了——九点半的时候。跟他一起来的,还有总部派来的普赖默尔探长和郡警察局局长。警察局局长没待多久就走了。普赖默尔探长则负责莉莉·金博尔被杀一案以及与之相关的一切事宜。

普赖默尔探长举止温柔和顺,嗓音则温润而略带歉意,与他的外貌给人的印象截然相反。他向她询问,要是他的人在她的花园挖一挖,是否会给她带来很大的不便。

单听他的语调,就好像他是要让他的人做些有益健康的锻炼，而不是去搜寻一具埋藏了十八年之久的死尸。

贾尔斯开了口，说："我想，也许我们可以给你们提供一两条有用的建议。"

于是，他跟探长说了通往草坪的台阶被移开的事，还带着他去了露台那儿。

探长抬头看了一下房子一楼边角上安了护栏的窗户，说道："我猜，那个就是儿童房吧？"

贾尔斯说，是的。

然后探长和贾尔斯回到房子里。有两个人扛着铁锹去了花园，而贾尔斯，在探长还没来得及提问的时候，抢先说道：

"探长，有些话我妻子迄今为止除了对我……呃……还有另一个人，没跟任何人说过，你最好听她说说。"

普赖默尔探长那温和但令人无法抗拒的目光落在格温达身上，那目光略带怀疑。格温达想，他是在问自己："她是个靠得住的女人吗，或者是个妄想症患者？"

这种感觉如此强烈，以致她开口说话的时候带上了防卫的语气："这可能是我想象出来的。也许是吧。但这似乎相当地真实。"

普赖默尔探长柔声安抚她："哦，里德夫人，让我们来听听吧。"

于是，格温达就开始说了。她第一次见到这幢房子时，如何感到熟悉；后来，她如何认识到自己童年时其实在这里生活过；她如何记得儿童房里的壁纸，还有那扇门，还有她那种台阶应该通往草坪的感觉。

普赖默尔点了点头。他并没有说格温达的童年回忆不怎么有趣，可格温达怀疑他正在这样想。

随后，她鼓起勇气做了最后陈述：坐在剧场里的时候，她如何突然记起自己从山腰别墅的楼梯栏杆看过去，见到一个女人死在前厅里。

"脸是紫的，被掐死了，头发是金色的……还有，那是海伦……可是这很愚蠢，因为我根本不知道谁是海伦。"

"我们认为……"贾尔斯开口，可普赖默尔探长带着出人意料的权威气势，举起手阻止了他。

"请让里德夫人自己告诉我。"

格温达没想到他会这么说，脸涨得通红，普赖默尔探长机敏地帮她解了围，但格温达对此并不欣赏，因为他的做法太过刻意了。

"韦伯斯特？"他若有所思地说，"嗯哼，《马尔非公爵夫人》。猴爪？"

"但那很可能是个噩梦。"贾尔斯说。

"请别说话，里德先生。"

"那可能全是噩梦。"格温达说。

"不，我认为不是。"普赖默尔探长说，"除非假定这幢房子里有过一个女人被害，否则莉莉·金博尔之死就很难解释了。"

这话听起来既合情理，又宽慰人心，于是格温达赶忙接着说：

"杀她的凶手不是我父亲。不是他，真的。彭罗斯医生都说他不是那种人，他不可能谋杀任何人。还有，肯尼迪医生也非常确定他没做，他只是以为自己做过罢了。所以，你看，是有人希望看起来像是我父亲作的案，而我们认为我们知道那个人是谁——至少有那么一两个嫌疑人……"

"格温达，"贾尔斯说，"我们不能真的去……"

"我说，里德先生，"探长说，"你介不介意去花园里看看我的人干得怎么样了。告诉他们，是我让你去的。"

贾尔斯离开以后，他关好落地窗，上了锁，然后回到格温达面前。

"现在，尽管把你所有的想法都告诉我吧，里德夫人。就算很没逻辑也没关系。"

格温达把她和贾尔斯所做的猜测和推理和盘托出，又讲了他们如何一步步调查出那三个曾经介入海伦·哈利迪生活的男人，还有他们得出的最终结论，还说到沃尔特·费恩和 J.J. 阿弗利克二人如何接到了冒贾尔斯之名打去的电话，让他们在昨天下午到山腰别墅来。

"可是你明白的，是吧，探长？他们二人之一可能是在撒谎。"

探长以一种温和而又相当无奈的语气说道：

"这正是做我们这行面临的主要困难之一。可能撒谎的人太多了。还有太多的人经常……虽然并不总是出于你所想的原因。还有一些人甚至不知道他们在说谎。"

"你认为我也是这样？"格温达担心地问。

探长微微一笑：

"我认为你是一个非常诚实的目击证人，里德夫人。"

"那么，我对于谁是凶手的看法，你认为是对的？"

探长叹了一口气，说：

"这不是我如何认为的问题——我们不这么做事。这是能不能查实的问题。每个人当时在什么地方，又如何描述他们的行动。我们知道莉莉·金博尔被害的准确时间，在两点二十到两点四十五分之间，误差不超过十分钟。昨天下午，无论是谁杀了她,都可以再到这里来。就我个人而言,不明白那个人有什么理由要打那几通电话。你说是因为可以作为不在凶案现场的证明,但那两个人谁也不能以此作为不在场证明。"

"可是你会查出他们在两点二十到两点四十五之间做了些什么,是吗?你会问他们的。"

普赖默尔探长微微一笑:"一切该问的问题,我们都会问的,里德夫人,你可以确信这一点,只要时机成熟。匆忙行事没有什么好处。你要看清楚前面要走的路。"

格温达突然看到了一种耐心、安静、不为人知的工作方式。不急不躁,不带情绪……

她说道:"我明白……是的。因为你是专业人士,而贾尔斯和我只是业余的。我们也许能侥幸蒙对,却不知道应该怎样进行下一步。"

"差不多吧,里德夫人。"

探长再次微笑。他站起身,打开落地窗,举步要穿过去,却又停了下来。格温达想着,他可真像一只指示犬。

"打扰一下,里德夫人。那位女士不会是简·马普尔小姐吧?"

格温达起身站到他身边。在花园的那一头,马普尔小姐还在和旋花进行一场有输无赢的战争。

"是的,那是马普尔小姐。她为人特别好,愿意帮我们整理花园。"

"马普尔小姐,"探长说,"知道了。"

格温达一边嘴上说着"她真是个可爱的人",一边用眼神询问他。

他回答说:"她是一位十分知名的女士,至少有三个郡的警察局局长对她言听计从。我们局长还没有,不过我敢说也不远了。看来，马普尔小姐也插手这件事了。"

"她给我们提过特别多有用的建议。"格温达说。

"我打赌她会的，"探长说，"去那里寻找哈利迪夫人的遗体，是她的主意吧？"

"她说，贾尔斯和我应该很清楚要去哪儿找。"格温达说，"我们之前没有想到，似乎是挺笨的。"

探长轻轻地笑出了声，走下台阶，站到马普尔小姐身边。他说："我想，没人帮我们引见过，马普尔小姐。不过，梅尔罗斯[①]上校曾经和我介绍过你。"

马普尔小姐站起身来，涨红了脸，手里还抓着一把青草。

"哦，是啊。可爱的梅尔罗斯上校。他总是那么可亲。自从……"

"自从教会委员在教区牧师书房里被枪杀一案。已经相当久了。不过，在那之后，你还取得过别的成就——比如，林姆斯托克南郊那桩匿名诽谤信事件。"

"看来，你对我知之甚详呀，探长……"

"普赖默尔，我的名字。我看你在这里挺忙的。"

"哦，我在花园里做点儿力所能及的事情。很遗憾，这花园疏于照管，比如这些旋花就是些令人讨厌的玩意儿。它的根系，"马普尔小姐看着探长，一脸真诚地说，"在地下扎得很深，非常深——在泥土之下蔓延。"

"我觉得你这话说得很对，"探长说，"扎得深远，深远到——我是说这起谋杀案——十八年前。"

"兴许还要更久，"马普尔小姐说，"在地下蔓延……危害很

[①] 梅尔罗斯，原文 Melrose，所指人物应为《寓所谜案》（新星出版社，2013年出版）中的梅尔切特（Melchett）。此处疑为作者笔误。

大,探长,压迫了这些成长中的漂亮花朵,使之失去生命……"

一位警察沿着小径走过来,他满头大汗,额上还沾上了泥土。

"我们找到了……东西,长官。看起来似乎就是她。"

2

就是这个时候,格温达回想着,那噩梦般的一天就由此而始。贾尔斯走了进来,面色惨白,说了一句:"那是——她就在那儿没错,格温达。"

一位警察之前打过电话,于是,一位风风火火的矮个子法医到了。

就在这时,科克尔太太,镇静沉着的科克尔太太,从屋里出来到了花园里——并不是像人们想象的那样是受到冷酷的好奇心驱使,而仅仅是为了给午餐的一道菜找点儿食用香料。昨天听说了发生凶案的消息之后,科克尔太太的反应是震惊且大发牢骚,还非常担心会对格温达的健康造成不良影响(因为科克尔太太打定了主意,再过几个月,楼上的儿童房就该派上用场了)。此刻,她径直冲着那被挖出来的可怕之物走了过去,结果立刻就"中招"了,程度非常严重。

"太恐怖了,夫人。我最受不了骨头了,更别提人们说的骷髅了。而且就在这个花园里,就在薄荷什么的旁边。我的心跳得……心悸……我喘不上气了。我能否冒昧地要一点点白兰地……"

科克尔太太捯气的样子和灰败的脸色吓到了格温达,她冲到餐柜前面,倒了点儿白兰地拿给科克尔太太慢慢喝。

科克尔太太说:"这正是我需要的,夫人……"这时,非常突然地,她发不出声来了,表情十分惊恐。格温达尖厉地喊着贾尔斯,贾尔斯又大吼着叫法医。

"幸亏我在。"后来,法医说道,"不管怎么说都是死里逃生。要是没有医生,那女人就得当场死掉。"

普莱默尔探长拿起白兰地酒瓶,和医生躲到一边商量起来。普莱默尔探长又向格温达询问,她和贾尔斯最后一次倒白兰地是什么时候。

格温达说,有些日子没喝过了。他们出门了,去了北边。最近几次喝酒,喝的都是杜松子酒。"不过我昨天差点儿喝了白兰地,"格温达说,"只是因为它让我联想到英吉利海峡里的渡船,贾尔斯才新开了一瓶威士忌。"

"你太幸运了,里德夫人。你昨天要是喝了白兰地,今天就不知道还有没有命了。"

"贾尔斯也差点儿喝了,不过他最后陪我喝了威士忌。"

格温达浑身发抖。

警察都已经走了,贾尔斯匆匆吃了罐头当午饭之后(因为科克尔太太被送进了医院),也跟着他们一起走了,格温达一个人留在房子里。甚至到了现在,她对于早上发生的这些乱七八糟的事,仍然难以置信。

有一件事确凿无误:杰基·阿弗利克和沃尔特·费恩昨天都来过。二人都可以在白兰地里做手脚,至于冒名电话的动机,要说不是给其中一人提供机会在白兰地酒瓶里投毒,还能是什么呢?格温达和贾尔斯离真相太近了。还是说,她和贾尔斯在肯尼迪医生家坐等莉莉·金博尔赴约的时候，有第三个人从外面进来，也许是从餐厅那扇敞开的窗户钻进来的？有第三个人利用冒名电话把嫌疑引到另外那两个人身上？

可是这第三个人，格温达琢磨着，说不通呀。因为这第三个人当然只会给他们两个人中的一个打电话。第三个人只希望让一个人惹上嫌疑，而不是两个。更何况，谁会是这第三个人呢？厄斯金肯定是在诺森伯兰。不对。要么是沃尔特·费恩给阿弗利克打了电话，并假装自己也接到了电话；要么是阿弗利克给费恩打了电话，同样假装接到了电话。就是这二人之一，警察会查出来的，他们比她和贾尔斯更聪明，也掌握更多资源。同时，那两个人都会受到监视。他们不可能……再来一次了。

再一次地，格温达浑身发抖。有人要杀你——要接受这样的现实，得需要一点儿时间。"危险。"马普尔小姐早就这么说过。可她和贾尔斯都没有真正严肃地考虑过会有危险。即使莉莉·金博尔已经被杀了，她依然不曾想过会有人要杀她和贾尔斯。就是因为她和贾尔斯距离十八年前的真相太近了。他们努力查出当年一定发生过的事……以及，是谁让一切发生的。

沃尔特·费恩与杰基·阿弗利克……

哪一个？

格温达闭上双眼，以新的视角重新审视他们：

文静的沃尔特·费恩，坐在他的办公室里——那只苍白的蜘蛛趴在网中央，如此安静，外表如此无害。一幢帘幕四垂的房子，有人死在里面，有人死在十八年前——但一直在那儿。现在，斯文安静的沃尔特·费恩看起来多么凶恶。沃尔特·费恩，正是他满怀杀意地把哥哥扑倒在地。沃尔特·费恩，正是他被海伦不屑一顾地拒婚，一次在这里，一次在印度。两次回绝，双重羞辱。沃尔特·费恩,如此安静,如此不露声色,也许,只有在突如其来的致命暴力中,他才能释放自己——可能就像文静的莉兹·玻顿做过的那样……

格温达睁开双眼。她已经说服了自己,不是吗,沃尔特·费恩就是那个人。

人们也许只有在睁开双眼而不是闭上的时候才能思考阿弗利克。

他那花里胡哨的格子西装、骄横放肆的态度,与沃尔特·费恩恰好相反——阿弗利克与压抑或文静半点儿不沾边。不过,有可能他的这种姿态正是来源于自卑情结。专家说是这么回事。如果你不信任自己,就不得不吹嘘、显摆自己,变得傲慢专横。他被海伦拒绝,是因为他对她来说不够好。创口非但没有被忘却,反而化脓溃烂。他决心要出人头地。迫害。每个人都与他作对。"敌人"的虚假指控使他的雇主辞退了他。当然,这确实表明阿弗利克不正常。这样的一个男人,可以从杀戮中汲取到怎样强大的力量!他那张好脾气的愉快面容之下却是残忍。他是一个残忍的人——他那瘦削苍白的妻子知道这一点,所以害怕他。莉莉·金博尔威胁了他,所以她死了。格温达和贾尔斯介入进来——于是格温达和贾尔斯也必须死。而且,他还要把沃尔特·费恩也扯进来,因为他很久之前解雇了阿弗利克。这一切都若合符节。

格温达颤抖了一下,从想象中清醒过来,回归现实。贾尔斯快回家了,而且需要喝茶。她必须把午餐用的餐具收拾好洗干净。

她拿来一个托盘,把东西一股脑儿搬去厨房。厨房里的一切都异常整洁。科克尔太太可真好。

水槽旁边放着一双医用橡胶手套。科克尔太太洗东西的时候总戴着它，这是她那位在医院工作的侄女低价买来的。

格温达戴上手套，开始刷盘子。她也得保养好双手。

她刷好盘子，放到架子上，又把别的东西洗好擦干，一一摆放整齐。

这时，她一边沉思一边走上楼。她琢磨着，也可以把那些长筒袜洗了，再洗一两件外套。手套就不摘了。

在她的脑海里，表面上想的是这些事，但在深藏其下的某个地方，有些事不停地搅扰着她。

沃尔特·费恩或杰基·阿弗利克，她说过，二人中必居其一。对于他们二人，她都做出了相当完善的有罪推定。也许，真正使她忧虑的，就在于此。因为，严格说来，对其中一人做出完善的有罪推定，才是更令人满意的情形。究竟是哪一个，现在应该确定下来了。但格温达无法确定。

要是还有别的嫌疑人……但不可能再有别人了。理查德·厄斯金已经被排除了。莉莉·金博尔被杀的时候，瓶子里的白兰地被投毒的时候，理查德·厄斯金都远在诺森伯兰。是啊，理查德·厄斯金的确被排除了嫌疑。

她很乐见这一点，因为她喜欢厄斯金。理查德·厄斯金很有魅力，魅力十足。他是多么可悲，娶了那么个石像般的女人，目光疑神疑鬼，嗓音深重低沉，就像是男人的声音……

像是男人的声音……

这个想法闪电般划过她的脑海，令人不安。

男人的声音……昨天晚上接贾尔斯电话的，会不会是厄斯金夫人，而不是她的丈夫？

不……不是，肯定不是。不，当然不是。如果是那样，她和贾尔斯准能听出来。不管怎样,至少,厄斯金夫人不可能知道电话是谁打来的。不对,接电话的当然是厄斯金,而他的妻子,像他说的那样,出门了。

他的妻子出门了……

肯定……不,不可能……会不会是厄斯金夫人?厄斯金夫人,嫉妒得失去理智了?莉莉·金博尔去信的对象,就是厄斯金夫人?那天晚上往窗户外面看的莱昂妮,看到花园里的那个人是个女人?前厅突然传来一声巨响。有人从前门进来了。

格温达从浴室出来,走到楼梯平台上,扶着栏杆往下看。看到是肯尼迪医生,她松了口气,冲着下面喊了一声:

"我在这儿。"

她双手往前伸出——潮湿、反光、怪异的粉灰色——令她联想到了什么……

肯尼迪抬头向上看,手举在眉前遮光。

"是你吗,格温妮?我看不清你的脸……光影晃花了我的眼……"

然后,格温达尖叫起来……

看着那光滑的猴爪,听着那前厅传来的话语……

"是你!"她狠狠地喘息着,"是你杀了她……杀了海伦……我……现在知道了。就是你……一直……是你……"

他拾阶而上,向她走去,步子很缓慢,始终抬头看着她。

"为什么你就不能放过我?"他说,"为什么你非要插手?为什么你非得带……她……回来?就在刚刚开始遗忘的时候……遗忘……你重新把她带了回来……海伦……我的海伦。把一切都重新翻出来。我不得不杀死莉莉……现在,我不得不杀死你。就像我杀死海伦一样……是啊,就像我杀死海伦一样……"

他越走越近……手已经向她伸去……即将触及——她明白——她的喉咙。他那和蔼、迷茫的脸——那好看、平凡、苍老的脸——依然如旧,可是那双眼睛……已经不再清醒……

格温达在他面前后退,慢慢地,尖叫冻结在她的喉咙里。她只叫了一声,就再也喊不出声了。而且,即便她喊了,也没人能听见。

因为房子里一个人也没有——贾尔斯不在,科克尔太太不在,甚至连马普尔小姐也不在花园里。没有人。最近的邻居家也离得太远了,即便她喊了,也听不到。更何况,她喊不出声……因为她恐惧得失声了,恐惧那正伸过来的可怕双手……

她可以退到儿童房的门前,之后……之后……那双手就会死死攥住她的喉咙……

一声小小的可怜的闷声呜咽自她双唇之间流出。

正在此时,一股肥皂水突然喷进了肯尼迪医生的眼中。他猛地停住,踉跄转身,大口喘气,用力眨眼,双手捂住自己的脸。

"真幸运,"马普尔小姐是从后面的楼梯飞跑上来的,她上气不接下气地说,"我恰好在喷你玫瑰花上的蚜虫……"

第二十五章　在托基的尾声

"可是，当然了，亲爱的格温达，我做梦也没想过要自己走开，把你一个人留在房子里。"马普尔小姐说，"我知道有一个非常危险的人可以自由来去，我也一直在花园里悄悄关注着这边的事。"

"你知道是……他……一直都知道？"格温达问。

马普尔小姐、格温达和贾尔斯三个人，此时正坐在位于托基的帝国酒店的露台上。

"换个环境吧。"马普尔小姐说。贾尔斯也赞成，因为对格温达来说最好如此。所以，征得普赖默尔探长同意之后，他们就立即驾车来了托基。

对于格温达的问题，马普尔小姐回答说：

"哦，他确实露出过一些迹象，亲爱的。可惜一直没有什么可以当作证据，只是些迹象，仅此而已。"

贾尔斯好奇地看着她说："可是我一点儿迹象也没看出来。"

"哦，亲爱的，贾尔斯，你想想，首先一点，他在现场。"

"在现场？"

"当然，案发当晚，凯尔文·哈利迪去找他的时候，他刚刚从医院回来。而那个时候，就像一些人告诉我们的那样，医院就在山腰别墅旁边，或者说是圣凯瑟琳别墅，当时它叫这个名字。

这样一来，如你所知，就可以使他在恰当的时间到达合适的地点。然后，还有许许多多意味深远的小事。海伦·哈利迪对理查德·厄斯金说过，她要去国外与沃尔特·费恩结婚，是因为她在家里过得不幸福，也就是说，她与哥哥住在一起感到不幸福。然而大家都说她哥哥对她很好。那么，她为什么不幸福？

"阿弗利克先生跟你说过，他'替那可怜的孩子感到遗憾'。我认为他说的绝对是真话，他为她感到遗憾。她要出去与年轻的阿弗利克见面，为什么要偷偷摸摸的呢？得承认，她并没有疯狂地爱着他。那是不是因为，如果用光明正大的方式，她就没法与年轻男子见面呢？她的哥哥是'严厉'和'老派'的。这是不是隐约让人想起《红楼春怨》里的巴雷特先生呢？"

格温达颤抖起来。

"他是个疯子，"她说，"疯子。"

"没错，"马普尔小姐说，"他不是正常人。他爱慕同父异母的妹妹，而这份爱慕之情又变成了占有欲与邪念。这种事比你以为的要多得多。父亲们不愿意自己的女儿出嫁，甚至不愿意女儿与年轻的男人见面，就像巴雷特先生那样。那时听到网球网的事，我就想到了。"

"网球网？"

"是啊，在我看来，这件事意味深远。想想那个女孩，年轻的海伦，从学校回到家，渴望着年轻女孩能从生活中得到的一切乐趣，渴望着去见见年轻男人……跟他们调调情……"

"有一点儿性狂热。"

"不对，"马普尔小姐强调，"这是这桩罪案中最恶毒的一点，肯尼迪医生不仅在肉体上杀死了她。你只要仔细地回想一下，就会发现能够证明海伦·肯尼迪离不开男人，或者其实是个——你用的是哪个词来着，亲爱的？哦，是的——女色情狂的唯一证据，正是来自肯尼迪医生本人。我个人认为，她是个完全正常的女孩，想玩闹，想享乐，偶尔调调情，最后与她选择的男人安定下来——如此而已。再来看看她哥哥都做了些什么吧。首先，在给予她自由的方面，他既严厉又老派。后来，她想办一场网球派对，这是个再正常不过的愿望，安全无害。他却假作同意，然后在一天晚上偷偷地把网球网割成一条一条的——这是一种意义明确的虐待狂行为。但她仍然可以出门去打网球或者跳舞，于是他就利用帮她包扎脚上割伤的机会，使伤口感染，不能愈合。哦，对了，我认为这实际上……是他干的，我很确定这一点。

"提醒一句，我认为海伦并没有意识到这一切，她知道哥哥对她有很深的感情。但我认为她并不明白自己在家里为什么会感到心神不宁、怏怏不乐。不过，她的确有这样的感受，最后她决定出国去印度与年轻的费恩结婚，只是为了逃离。逃离什么呢？她并不明白。她太过年轻、太过单纯，所以没法明白。于是她出了国，到印度去，途中遇见理查德·厄斯金，爱上了他。这次也是一样，她表现得并不像是个性狂热的姑娘，而是大方得体、自尊自爱。她并没有劝他离开自己的妻子，而是劝他不要那样做。可是，当她见到沃尔特·费恩的时候，她明白自己没办法嫁给他。她不知道还能做些什么，只好拍电报给哥哥要回家的路费。

"回家途中，她遇到了你父亲——另外一条逃离的路出现了。这一回，这条路通往幸福，前景光明。

"她与你父亲的结合不欺不隐、开诚布公，格温达。他沉浸在失去爱妻的痛苦中，她也刚刚结束一段不愉快的恋爱，他们可以相互扶持。她和凯尔文·哈利迪先在伦敦完婚，然后才到迪尔茅斯把消息告诉肯尼迪医生，这一点意味深长。她一定有直觉，这样做比去迪尔茅斯完婚更为明智,尽管后者才是通行的做法。我仍然认为她并不知道自己在对付什么——但她心神不宁,觉得把婚讯变成既成事实再告诉哥哥会更安全。

"凯尔文·哈利迪对肯尼迪十分友好,也很喜欢他。肯尼迪故意表现得对这桩婚事十分满意。小夫妻俩就在这里租下了一幢带家具的房子。

"现在,我们来说说那件意义非常重大的事——有关凯尔文一直被妻子投毒的说法。关于此事只可能有两种解释——因为只有两个人有机会这么做。要么,确实是海伦·哈利迪给丈夫投毒,如果真是这样,那动机是什么?要么,毒是肯尼迪医生下的。哈利迪会找肯尼迪看诊,可见肯尼迪是他的医生。他相信肯尼迪的医术——他的妻子在给他投毒这个说法,是肯尼迪非常巧妙地向他暗示的。"

"可是,真有什么药物能使人产生自己掐死了妻子的幻觉吗?"贾尔斯问道,"我的意思是,其实并不存在能产生这种特殊药效的药物,不是吗?"

"我亲爱的贾尔斯,还是那个问题——你轻信他人之言。说哈利迪有过这种幻觉,这只是肯尼迪医生的一家之言,哈利迪本人在日记里从未这么说过。他有幻觉,没错,可是他并没有提到过是哪种幻觉。不过,我敢说,肯尼迪对他说起过某个与凯尔文·哈利迪有类似经历的男人掐死妻子的事。"

"肯尼迪医生真恶毒。"格温达说。

"我认为,"马普尔小姐说,"那时候,他肯定已经越过了神志清醒的底线,进入了癫狂状态。而海伦,这可怜的姑娘,开始意识到这一点。莉莉无意中听见的那一次,一定是她在跟她哥哥说话,'我想我一直怕你'。这是她说过的一句话,而且意义重大。她因此决定离开迪尔茅斯。她说服丈夫在诺福克买了一幢房子，还让他别告诉任何人。她的守口如瓶很有启发意义。很明显，她十分害怕这件事被某个人知道——对沃尔特·费恩的推测与对杰基·阿弗利克的推测都与这一点不相符，备选的理查德·厄斯金就更不符合这一点了。不，它指向的是离家更近的地方。

"最后，肯定是凯尔文·哈利迪不耐烦保密，觉得这么做毫无意义，于是把事情告诉了他的大舅子。

"这么一来，就注定了他和妻子的命运，因为肯尼迪不会让海伦离开，与丈夫幸福地生活在一起。我想，也许他只是想下毒毁掉哈利迪的身体健康，可是一旦发现他的被害人和海伦即将从他身边逃离，他就彻底疯了。他穿过医院进入圣凯瑟琳别墅的花园，手上还戴着医用手套。他在前厅抓住了海伦，掐死了她。没有人看见他，或者说是他认为没有，于是，在爱与疯狂的双重刺激下，他吟诵了那几句很应景的悲剧台词。"

马普尔小姐叹息着咂了咂嘴。

"我就是个傻瓜——太傻了。我们都是傻瓜，我们当时就应该明白，《马尔非公爵夫人》里的那几句台词才是整件事情的真正线索。在剧中，不就是一位兄长说出了那几句台词吗？就在他刚刚谋划了妹妹之死，以报复她嫁给她爱的男人的时候。是啊，我们都是傻瓜……"

"然后呢？"贾尔斯问。

"然后，他就实施了整个恶毒计划。把尸体搬上楼，把衣物装进手提箱，把字条写好再扔进废纸篓，好让哈利迪稍后可以信以为真。"

"可是，我认为，"格温达说，"站在他的角度，如果我父亲真的被判了谋杀罪,岂不更好?"

马普尔小姐摇了摇头。

"哦不,他不可能去冒这种险。你知道,他很有精明的苏格兰人的常识。不错,他很尊重警察。警察要认定一个人犯有谋杀罪,需要取得大量的证据。警察会问大量令他为难的问题,做大量令他为难的调查,比如在时间和地点方面。不,他的计划更为简单,而且我认为,也更为恶毒。他只需要对付哈利迪一个,让他相信:第一,他杀了自己的妻子;第二,他疯了。他说服哈利迪住进了一家精神病院,可我认为,他并不真的希望让哈利迪相信一切都是幻觉。我能想象,你父亲会接受这个说法,格温妮,主要是为了你考虑。他一直认为自己杀死了海伦,到死都这么认为。"

"恶毒啊,"格温达说,"恶毒……恶毒……恶毒。"

"是啊,"马普尔小姐说,"真的再也没有别的词可说了。而且我认为,格温达,这就是为什么你对于童年所见的场面印象那么强烈。那晚的气氛是真正的罪恶。"

"可是那些信,"贾尔斯问,"海伦的信呢?那就是她的笔迹,不可能是伪造的。"

"当然是伪造的!这一点是他自己弄巧成拙了。他是多么着急呀,你知道,希望赶紧阻止你和贾尔斯调查此事。有可能,他可以很好地模仿海伦的笔迹,但那骗不了专家。所以,他和信一起拿给你的海伦字迹样本也是假的。那是他自己写的,自然就吻合了。"

"天哪,"贾尔斯说,"我根本就没想到过。"

"不,"马普尔小姐说,"你信了他的话。相信别人确实非常危险。这么多年,我从来不会这样。"

"那白兰地呢?"

"他是那天做的,就是把海伦的信送到山腰别墅,又和我在花园里聊天的那天。科克尔太太出来告诉我他来访的时候,他在房子里等着。干这事儿,只需要一分钟。"

"天哪,"贾尔斯说,"莉莉·金博尔被杀以后,我们从警察局出来,他还让我带格温达回家,给她喝白兰地呢。他又是怎么安排提早与莉莉见面的呢?"

"这非常简单。他写给她的信件原件上说,让她在迪尔茅斯换乘站坐两点五分的那班火车,在迈钦斯小站下车,到伍德雷营地与他见面。很有可能是这样的,她即将走上小路时,他从树林里走出来,跟她说了几句话——然后掐死了她。之后,他就用你们看到的那封信替换掉她随身带着的那封原件——他已经告诉她要带上,因为信中有路径说明——再回到家等你们,还给你们演了一出等待莉莉的小喜剧。"

"可莉莉真的威胁他了吗?看她的信似乎并没有,她在信里怀疑的好像是阿弗利克。"

"也许她怀疑的是阿弗利克。可是莱昂妮,那个瑞士姑娘,跟莉莉说过这事,而莱昂妮才是那个对肯尼迪有威胁的人。因为她从儿童房里往窗外看的时候,看见了他在花园里挖坑。早上,他找到她,直截了当地告诉她哈利迪少校杀死了妻子——哈利迪少校疯了,而他,肯尼迪,为了孩子考虑,打算把这事瞒下来。然而,如果莱昂妮觉得她应该去报警,那么对她来说,事态的发展就会非常不愉快……云云。

"一提到警察,莱昂妮马上就害怕了。她很喜欢你,盲目相信了'医生先生'认为最好的办法。肯尼迪给了她一大笔钱,逼着她回了瑞士。不过,临走之前,她向莉莉暗示过你父亲杀了自己的妻子，而她看见了埋尸的现场。这与莉莉的猜想不谋而合，她理所当然地以为莱昂妮看见的那个挖坑的人是凯尔文·哈利迪。"

"不过，肯尼迪不知道。"贾尔斯说。

"当然不知道。当他接到了莉莉的信，那里面使他慌张的内容是莱昂妮把她在窗外看到的东西告诉了莉莉，还提到了外面的汽车。"

"汽车？杰基·阿弗利克的汽车？"

"这又是一个误会。莉莉记得，或者她认为自己记得，有一辆汽车停在外面的路上，很像杰基·阿弗利克的汽车。她已经把想象力都集中到来见哈利迪夫人的神秘男人身上了。因为旁边就是医院，毫无疑问，路边肯定停着很多汽车。不过，你必须记住，当天晚上，医生的汽车也停在医院外面——他可能一下子就得出结论，认定她就是在说他的汽车。那个形容词'豪华的'对他来说毫无意义。"

"我懂了，"贾尔斯说，"是啊，对于一个心里有鬼的人来说，莉莉那封信的确很像是封敲诈信。可你怎么会知道莱昂妮的事呢？"

马普尔小姐用力地抿了抿双唇，说：

"他……崩溃了，你知道。普赖默尔探长留下的人一冲进去抓住他，他就把他犯下的罪行全说出来了，说了一遍又一遍，说了他所做的每一件事。莱昂妮死了，似乎就在回到瑞士以后不久，是服用安眠药过量……哦不，他一丁点儿险都不肯冒。"

"就像他试图用白兰地毒死我一样。"

"对于他来说，你和贾尔斯，你们俩非常危险。很幸运，你从没告诉过他你记得自己看见海伦死在前厅。他从来不知道还有目击证人。"

"那两通打给费恩和阿弗利克的电话,"贾尔斯说,"是他打的吗?"

"是的。如果有人调查谁能在白兰地里做手脚,他们俩就会有很大的嫌疑。而且如果杰基·阿弗利克是自己开车去的,就更会惹上杀害莉莉·金博尔的嫌疑,而费恩则很可能有不在场证明。"

"可他似乎很喜欢我,"格温达说道,"还叫我小格温妮。"

"他不得不演好他的角色。"马普尔小姐说,"想想吧,这对他意味着什么。十八年后,你和贾尔斯一起回来了,问各种问题,挖掘过去的事情,打扰一桩看似已经死去、实则只是沉睡的谋杀案。重新忆及的谋杀案……可是极其危险的事啊,亲爱的。我担心得要命。"

"可怜的科克尔太太,"格温达说道,"她真是死里逃生,真高兴她能完全康复。你认为她还会回咱们家来吗,贾尔斯?在经历了这一切之后?"

"要是有儿童房的话,她准会回来。"贾尔斯认真地说,格温达红了脸,马普尔小姐微微一笑,目光越过托基的上空,望向远方。

"事情竟然会以这么奇异的方式发生。"格温达沉思着说,"我正戴着橡胶手套,看着双手,这时他走进前厅,说出的字句那么像那些台词。'脸'……之后是'光影晃花了我的眼'……"

她瑟瑟发抖。

"掩住她的脸……光影晃花了我的眼……她死在青葱年华……那可能就是我……要是马普尔小姐当时不在。"

她顿了顿,轻声说:"可怜的海伦……可怜的死在青葱年华的可爱的海伦……你知道，贾尔斯，她不在那里了……不在房子里……不在前厅。我们昨天离开之前，我还能感觉得到。现在只是房子了，而且这幢房子喜欢我们，只要我们愿意，我们就可以回去……"

Sleeping Murder
Copyright © 1976 Agatha Christie Limited. All rights reserved.
Letter for Chinese Reader, New Star Edition by Mathew Prichard © 2013 Mathew Prichard.
Translation © 2023 arranged by New Star Press, Agatha Christie Limited. All rights reserved.
www.agathachristie.com
The Marple icon is a trademark, and AGATHA CHRISTIE, Marple, *AgathaChristie*® and the AC Monogram Logo are registered trade marks of Agatha Christie Limited in the UK and elsewhere. All rights reserved.
Published by agreement with ACL.
Simplified Chinese edition copyright: 2023 New Star Press Co., Ltd.

图书在版编目（CIP）数据

沉睡谋杀案 /（英）阿加莎·克里斯蒂著；周凯译 . -- 北京：新星出版社，2023.6
（阿加莎·克里斯蒂侦探小说全集：精装典藏版）
ISBN 978-7-5133-4914-7

Ⅰ . ①沉⋯ Ⅱ . ①阿⋯ ②周⋯ Ⅲ . ①侦探小说 – 英国 – 现代 Ⅳ . ① I561.45

中国国家版本馆 CIP 数据核字 (2023) 第 055702 号

午夜文库
m
谢刚 主持